KB139452

끝

최규승 시집

문예중앙시선

49

끝

최규승 시집

문예
중앙

1

시의 제목을 정하고,

#1부터 #298까지,

순서에 관계없이,

느닷없이 불현듯,

그렇지 않으면 억지로라도,

번호 다섯 개를 떠올릴 것,

숫자에 해당하는 장면을 이어,

세상에서 하나뿐인,

시를 만들 것

2

절창도 없이,

제목도 의미도 버리고,

평평하게,

지루하게,

밋밋하게

차 례

끝 11

해설

항미에게

끝

#1

이제, 나는 시를 쓴다 하루는 흐르지 않고 지난 시간이 까마득하다 시와 시 사이, 따뜻한 시간이었다 리필할 수 있는 시간이었다 식어도 맛있는 시간이었다 버릴 수 없는 시간이었다 너를 한없이 기다리게 한 시간이었다

#2

한 명의 시인만 더 들어오면 파티를 끝내야 한다 과거를 들고 한동안 문을 바라본다 창밖 정원에 달과 해가 왈칵, 떨어지는 걸 아무도 보지 못했다 영원한 과거, 지금까지 발표된 시는 시가 아니다 시를 한 편도 청탁받지 못한 시인이 이 방에 넘쳐난다 그들은 마감을 걱정한다

#3

나무 이름을 몰라 부끄러워하는
시인의 붉어진 얼굴
써도 써도 벗을 수 없는 언어라는 운명
내가 쓰고 싶은 시는 낭독할 수 없는 시

한순간도 가만있지 않는 문장이 순서를 바꿔 뒤척이는 시

시가 시를 낳는 시

자가 분열을 하는 시

읽는 순간 불타버리는 시

시인 것이 없는 시

시 아닌 시

세상의 모든 시

#4

　시가 아니어도 좋아 시퍼렇게 멍이 든 시를 쓰고 싶어 만들어도 좋아 표절해도 좋아 시가 아닌 시, 너의 뒷모습을 의심하지 않았더라면 강물은 은유를 싣고 유유히 흘러 갔을 텐데 은유의 바다, 바다는 언제나 은유, 바다가 아닌 바다

#5

　이제 시든 나뭇잎에 대해 이야기할 차례 어떤 시도 나 뭇잎을 담을 수 없다 시는 시 나뭇잎은 나뭇잎 슬픔은 슬

품 서러움은 서러움 끝은 끝 부활은 부활 몹쓸 병 몹쓸 사
람 몹쓸 세상 몹쓸 시인 몹쓸 시 시는 시 성하에 나누는 이
야기 몹쓸 나뭇잎에 대한 몹쓸 이야기

#6

보글보글 끓어오르는 물방울을 듣는다 방울방울 갇힌
말들을 듣는다 방울 하나에 슬픔 하나 터지는 소리를 듣
는다 터진 방울을 망연히 바라보며 물속 시간을 듣는다
새벽 5시부터 오후 5시까지 차례차례 떠오르며 터지는 물
방울을 듣는다 기우는 시간과 흐느끼는 바다를 듣는다 하
루해를 삼키는 수평선을 듣는다 망각처럼 어두워지는 사
람들을 듣는다 내일 아침에는 아무도 깨지 못할 잠을 듣
는다 뻐끔뻐끔 노래하는 너를 듣는다 돌아선 뒷모습과 늘
어진 깃발을 듣는다 부글부글 끓다 만 심장을 듣는다 발
걸음 뒤로 듣는 네 목소리를 듣는다

#7

2인용 소파에 앉은 남자의 큰 엉덩이가 1인분을 넘어

13

2인분에 대부분 걸쳐 있다 2인용 소파를 꽉 채울까 봐 긴
장한 허리는 넓은 엉덩이 위에 곧추서 있다 1인분이 못 되
는 자리는 아무도 앉지 않아 여전히 비어 있다 서 있는 여
자가 남자의 여백을 내려다본다 남자도 머리를 틀어 그곳
을 바라본다 서 있는 여자의 자세는 조금씩 흐트러진다
결국 한쪽 다리를 구부려 벽에 몸을 기댄다 긴장한 남자
는 앉아 있고 흔들리는 여자는 기대서 있다 남자의 여백
은 여자의 넘침 소파는 2인용이다

#8
여자는 거울 앞에 서서
거울 속의 여자를 바라본다
거울 속의 여자는
사진기를 들고 거울 앞에 선 여자를 찍는다
뷰파인더 속에는
거울 앞에 선 여자와 거울 속 여자
사진을 찍는 여자와 사진기에 담긴 여자가 있다
거울 앞에 선 여자가 한 겹

거울 속 여자가 또 한 겹

사진을 찍는 여자가 한 겹

사진기에 담긴 여자가 또 한 겹

여러 겹의 여자가 액자에 담긴다

사진을 보는 남자가 또 한 겹

벽과 마주한다 남자는

거울을 보지 않는다 여러 겹의 거울

여자와 여자 사이

남자와 여자들 사이

가라앉는다

#9

물을 끓인다 가을이 온다 원두를 간다 가을이 온다 커
피를 내린다 가을이 온다 빵을 굽는다 가을이 온다 잼을
바른다 가을이 온다 밥을 안친다 가을이 온다 국을 끓인
다 가을이 온다 설거지를 한다 가을이 온다 세탁기를 돌
린다 가을이 온다 걸레질을 한다 가을이 온다 먼지를 턴
다 가을이 온다 달력을 넘긴다 가을이 온다 빨래를 넌다

가을이 온다 창밖을 본다 가을이 온다 가만히 선다 가을이 온다 창문을 연다 가을이 온다 빨래가 마른다 가을이 온다 시간이 간다 가을이 온다

#10

창문을 넘어오는 것과 창으로 들어오는 것 가령 바람은 창문을 넘고 햇빛은 창으로 들어온다 하자 비 치는 것은 넘어오는 걸까 들어오는 걸까 창문을 닫아도 들어오는 빛과 창문을 열어야 넘어오는 바람 비는 창문을 열어야 치는 것 치는 것은 넘어오는 것 창을 사이에 두고 비는 창 너머에서는 치다가 창 안쪽으로 넘어온다 창밖으로 손을 내밀어 햇살을 만진다 들어오지 못한 햇살은 아직 빛이 아니다 창문을 닫으면 손 내밀지 못하므로 넘어간 손은 빛 아닌 빛을 잡고 창 안쪽으로 들어온다 손은 창을 넘지 않아 손이 아니다 바람이 넘어와 빛을 끌어간다 바람이 된 바람은 다시 바람이 아니고 빛은 다시 빛이 아니다 창문을 닫는다 빛은 빛 아닌 빛 바람은 바람 아닌 바람 비는 비 아닌 비 손은 손 아닌 손 창만 홀로 창인 창

#11

부슬부슬 흔들리는 창밖 나무들 벚나무 버드나무 단풍
나무 은행나무 구별 없이 흔들린다 바람의 평등성이라고
쓴다 창틀을 벗어난 나뭇가지는 보이지 않는다 서정 시인
의 눈길이 창틀 밖의 나뭇가지를 창 안으로 모은다 곧 깨달
음으로 하나하나 스스로 흔들릴 나뭇가지, 바람이 그쳐도
나뭇가지는 흔들린다 흔들리는 마음이라고 쓴다 흔들림
만 남고 나무들 창틀 밖으로 사라진다 아무것도 보이지 않
아도 흔들리는 허공 마음은 사라진 뒤 위로받는다고 쓴다

#12

너는 편지를 하겠다고 했다 나는 답장을 쓰겠다고 했다
답장을 쓰고 싶은데 편지가 없다 편지를 하고 싶은데 답
장이 없다 하겠다와 쓰겠다만 오갔다

#13

그곳에 두고 온 네게서 연락이 왔다 끊긴 전선이 하늘
거리는 바닷가 기차역 너머 먼발치에 부서지는 포말 그때

큰 파도가 역사를 넘어 마을까지 쓸고 간 자리 밴을 타고 둘러본 길가 문방구 주유소 육교 들에는 마른 해초가 하늘거리고 있었다 건들거리는 역 간판을 차창으로 바라보고 있을 때 너는 슬그머니 밴의 뒷문을 열고 발자국 하나 없는 바닷가 모래사장에 첫발을 내디뎠지 곧 밴은 출발하고 너의 발자국은 파도와 섞여 물속으로 사라졌겠지 드넓은 논을 채운 다년생 풀 사이로 너의 하얀 뒤꿈치가 움찔대는 모습이 도드라졌어 끝없이 펼쳐지는 초록의 폐허에 싸여 너는 잠시 손을 흔든 것도 같은데

#14

꽃나무를 심으려고 땅을 파는데 삽으로 땅을 파는데 푹 파인 땅속 파란 하늘이 구름 한 점 없는 맑은 하늘이 날카로운 삽 끝을 물들이며 드러날 때 꽃나무 뿌리는 땅속 허공을 빨아들여 땅 위 허공에 꽃을 피운다 빈 곳이 빈 곳을 채우는 아무것도 아닌 것의 아무것

#15

전통 없는 세상이 만드는 전통 세상의 안정이 만드는 나의 불안 태어날 때부터 흔들린 것은 나의 온전한 삶

#16

깨진 창문 사이로 짙푸른 하늘이 긁혔다고 쓰는데 하늘은 여전히 푸르고 푸르다 돌멩이가 유리 파편보다 하늘에서 더 멀어져 있다 깨진 마음이라고 쓰고 나는 안정된 호흡으로 시를 쓴다 바람이 밀려드는 것도 잠시뿐 하늘은 여전히 푸르고 바람은 창밖에서 흐른다 그래도 나는 쓴다 불안한 바람과 상처 난 하늘 깨진 마음을 여전히 끝나지 않은 오래된 관습은 쓴다

#17

지평선이라 했다 지평에 누워 쏟아지는 별들을 덮고 있다 했다 선명하게 그곳이 떠올라 그를 찾아 길을 나섰다 별들은 쏟아지는데 가도 가도 저 멀리 지평선 선을 지우고 평평한 곳에 드러누웠다 쏟아지는 별 평평한 땅 끝없

이 이어지는 선 그런 밤이었다

#18

이제 불안은 기타 줄을 조이는 일만 남았다 이마저 사라지면 마룻바닥에 아롱대는 햇살로도 나는 웃을 수 있다 조금 비딱하게 걸린 벽시계, 머리를 기울여 본다 각을 맞춰야 알 수 있는, 돌아야 흐른다는 것 나는 많이 돌았다 불안은 이제 한 줄 남았다

#19

어떤 전위적인 조각으로도 비석의 상투를 넘어서지 못한다 삶도 죽음도 형식도 내용도 격식도 의미도 없이 경계는 비어 있다 끝과 끝을 구분하는 텅 빔

#20

병 하나가 사라졌다 순서대로 냉장고 음료수 칸에 놓여 있던 병 하나가 사라졌다 아무에게도 준 적이 없는 병 분리수거한 적 없는 병 속이 텅텅 비어 있던 병 기억도 없는

병 기억하지 못하는 병 없는 병 때문에 냉장고 문만 여닫는 병 병을 찾는 병 아침나절을 보낸 병

#21

엘리베이터가 도착하기 전에 이어폰을 빼려다가 생각한다 노래를 다 듣고 엘리베이터를 탈까 노래를 끊고 엘리베이터를 탈까 그사이 엘리베이터 문이 닫히고 노래가 끊겼다 다시 노래를 들으려다가 먼저 엘리베이터 버튼을 눌렀다 엘리베이터가 지하로 내려가는 동안 노래를 들을 수 있다 버튼을 다시 눌러 버튼의 불을 끄고 노래를 튼다 엘리베이터 버튼을 눌렀다가 플레이어 버튼을 눌렀다가 오르락내리락 들리다 끊기다

#22

흰 눈 보송보송 내리는 새벽 핏방울 튀어 오른다 눈방울은 핏방울과 부딪쳐 방울방울 떨어진다 칼끝에 베인 방울이 뚝뚝 떨어지는 함박눈 중력을 거스르며 미끄러져 가볍게 날리는 함박눈 중력을 가르고 솟구치는 핏방울 눈

위에 떨어진다 점점이 박히는 붉은 새벽녘

#23

헬리콥터가 날아간다 커튼을 내린 창밖 헬리콥터 소리
가 출렁인다 동쪽 먼 하늘 끝에서 날아와 창밖 남쪽 하늘
을 훑고 서쪽 하늘 끝 군용 비행장으로 날아간다 15대의
헬리콥터가 줄지어 날아가는 모습이 점점이 들린다 두근
두근 흔들리는 가을 하늘을 가르는 헬리콥터가 들린다 헬
리콥터가 모두 사라진 뒤 파란 하늘이 들린다 불안이 들
린다

#24

일출과 일몰, 하루에 몇 분씩
조금씩 늦춰져 동지에 이른다
천 길 낭떠러지
추락하거나 타락하거나
그것만이 진보다

#25

물의 정원에서 바람의 정원으로 다시 불의 정원에서 빛의 정원으로 너는 자전거를 타고 다녔다 물도 바람도 불도 빛도 너를 머물게 하지 못했다 저물녘 붉은 하늘이 먼 바다에서부터 검게 물들고 산꼭대기에서 바람이 어둠을 몰고 왔다 식당으로 가는 통로에는 희미한 불빛 아래 걸린 판화들이 길을 알려주었다 자전거의 삐걱거리는 소리만이 물과 바람과 불과 빛을 차례로 담고 돌고 있었다 소리도 서서히 어둠에 스며들 때 너는 자전거와 함께 비스듬히 기울어가고 있었다 너는 점점 어둠이 되어갔다

#26

낮에 구입한 망사 햇살을 몸에 걸치고 가을밤을 걷는다 발은 보도블록과 흙과 아스팔트를 차례로 밟고 지나간다 발걸음마다 출렁이는 햇살이 몸을 간질여 가을은 깊어간다 어둠 속 빛나는 가을을 어쩌지 못해 몸은 마음과 떨어져 흔들린다 오르락내리락 마음을 두고 미동도 않는 마음을 두고 밤의 끝 가을의 끝자락으로 몸은 끝없이 출렁인

다 몸이 멈추면 세상이 요동칠 테니

#27

운명 교향곡이 전혀 운명적이지 않은 것처럼 오후 3시는 이미 하루가 끝나는 시간 유보되고 또 유보되어 시시각각 하루는 연장된다 거리의 풍경도 멈추다 가다를 반복하면서 연장되는 시간을 기록한다 기록을 들추며 같은 시간을 비교하고 나뭇잎과 흙먼지가 같음을 증명하는 동안 하루는 길게 꼬리를 늘여 문밖으로 달아난다 어둠은 운명적이지 않다 그것은 고양이가 알려줄 테니 눈을 감고 연장된 하루의 이런저런 그림자를 모아보는 것만이 하나 남은 이 시대의 역사 곧 사라져 담벼락에 낙서로만 남을

#28

빨래가 도는 동안 소파에 누워 절정을 생각한다

시계 방향과 시계 반대 방향을 번갈아 왔다 갔다 하며 빨래는 때를 빼고 있다

방향을 바꾸는 순간 빨래는 몸을 담았을 때보다 더 유

연하다

　춤추듯 흔들리며 운동과 운동 사이

　잠깐의 멈춤으로 때를 빼고

　빨래를 벗어나 옷이 되어간다

　탈수로 완성된 빨래는 빨래걸이에 걸려 남은 수분을 내
보내고 옷이 된다고 생각하며 몸을 뒤척이다 소파에서 떨
어진다

　식은땀이 흐른다

　옷은 그 순간을 흡수하며 조금씩 빨래가 되어간다

　운동과 운동 사이,

　옷과 빨래 사이, 그 사이

　#29

　마음이 달아난다는 시를 읽는다 유리창이 연이어져 있
는 창가에 앉아 프레임으로 나뉜 바깥 풍경을 이어본다
보지 않으면 없을 풍경 프레임이라 써놓고 다시 창을 본
다 창이 나를 보고 있다 줄줄이 이어진 창이 나를 프레임
안에 담는다 풍경은 끊어졌다 이어지기를 반복한다 나를

본다 내 몸이 조각조각 나뉜다 시선과 시선이 팽팽하게 밀고 당기는 유리 파리 한 마리 쉼 없이 날개를 움직이며 부딪친다 달아난 마음이 저기 있다고 생각하는 순간 몸이 풍경이 된다 그러다 파리, 하고 보면 풍경이 쓱싹 잘린다 투명함에 막힌 마음, 또는 파리, 마음의 자리

#30

말을 소음으로 만들어버리는 저 창밖의 풍경 빨간색 신호등이 파란색으로 바뀌는 사이 노란색 신호등이 들어온 순간 세상이 바뀌는 찰나

#31

여자는 배를 타고 떠난 아버지를 그리워하지 않았다 미워하지도 않았다 어떤 남자도 여자를 위한 적 없었지만 여자는 매일 밤 그 시간에 부두에서 출렁이는 물결을 내려다보았다 먼바다에 큰 배들이 불을 밝히고 있었으나 여자는 물결에서 눈을 떼지 않았다 배를 타고 떠났던 아버지가 돌아왔으나 여자는 부두에 나가는 시간을 어기지 않

왔다 태풍이 몰려온 여름밤 여자는 돌아오지 않았다 다음 날 밤 부두에 여자는 없었다 여자의 자리에 선 아버지는 붉은 네온사인을 받고 하염없이 먼바다를 바라보고 있었 다 잔물결이 부딪치는 발밑은 끝내 내려다보지 않은 채

#32

달을 기다리며 보내는 오후 한나절 빛이 흔들리며 사라 져가는 짧고 긴 순간 너는 그때 어디 있었니 물을 수도 대 답할 수도 없는 물음에 달 뜬다

#33

모텔의 끝 방은 비어 있다 방 안 가득 달을 채운 방은 깨 끗이 치워져 있다 지난밤 반쯤 비운 샴페인 병 속에 갇혔 던 너의 얼굴도 꿈속에서 방금 나온 듯 눈을 감는다 소파 한쪽으로 기운 너의 몸도 거기에 없다 파편은 이미 치워 졌다 깨진 유리창에 상처 입은 달빛이 방 안 가득 흩어져 있다 다시 이 모텔을 찾아 달빛을 덮고 잠들고 싶다 노랗 고 가벼운 달빛, 꿈조차 사라진 세상이 끝난 잠을 꿈꾼다

#34

　그녀의 몸에 휘발유를 붓고 내려다보는 물기 가득한 눈빛에 잠긴 아스팔트에 흘러내리는 휘발유는 온도가 그리운 차가운 액체

#35

　오렌지색 옷을 입은 남자의 손을 묶고 꺼내 든 칼에 비친 햇살에 눈부셔 눈을 감는 남자의 목젖이 뚝 떨어졌다 올라간다

#36

　팔다리는 용량 초과로 집에 두고 20리터 캐리어에 누운 여자의 몸뚱어리를 끌고 공항행 리무진 정류장으로 가는 군더더기 없는 여행의 시작, 골목 끝을 뒤로 하고 떠나는 발걸음

#37

　약분할 수 없는 생활이여, 공유할 수 없는 삶이여, 말과

말로 이어지는 허상이여, 하고 외쳐보아도 세상은 끝나지 않아 언제나 구태의연한 시작으로 시작하는 시인의 삶이여, 하고 탄식해도 끝나지 않는 시작

#38

시간 밖으로 나를 보내줘 모두들 끝이라고 눈 감고 애도할 때 그들의 눈앞에서 사라지게 해줘 시간이 사라져 언제나 현재이고 또 내일이고 어제였던 그곳으로 날 보내줘 그럴 수 없다면 시간에 휘둘리며 이곳에서 영원히 흘러가게 해줘 끝끝내 끝도 없이

#39

들판에 상처를 낸 저 길처럼 길을 상처 낸 저 들판처럼 날카롭던 발톱 뭉텅뭉텅 잘린 채 마룻바닥에 머리를 박고 잠든 고양이는 그래, 페인트 가득 뒤집어쓴 슈퍼의 철문 스프레이는 그래, 그녀가 없다는 게 감정적으로 커진 거지 좀 자랑하자면 아마 사실이겠지 여기에 머물러줘 내가 내쫓을 때까지 창에 가득하던 달빛이 모두 사그라진 겨울

어느 날 그녀는 집을 떠났지 소나무야 소나무야 언제나
푸른 네 빛

#40

머리를 다듬고 거울을 본다 이를 닦고 거울을 본다 안
경을 벗고 거울을 본다 밥을 먹고 거울을 본다 슬리퍼를
벗고 거울을 본다 날개를 접고 거울을 본다 꿈을 깨고 거
울을 본다 하늘을 보고 거울을 본다 책을 보고 거울을 본
다 벽을 보고 거울을 본다 문을 보고 거울을 본다 모니터
를 보고 거울을 본다 너를 보고 거울을 본다 나를 보고 거
울을 본다 거울을 보고 거울을 본다

#41

모기가 앵앵거린다 나는 여전히 부끄럽다 헬리콥터 소
리 요란하다 나는 새삼 무섭다 어제 읽은 단어를 오늘 잊고
그 자리에 들어선 단어를 내일 나는 잃는다 당연히 그렇다
부끄러움도 사치다 책을 덮는다 불쏘시개로도 쓸 수 없는
책을 머리 밑에 벤다 그래도 잠이 온다 그 말이 무섭다

#42

아무도 없다 아버지도 죽이고

아무도 없다 어머니는 떠나고

아무도 없다 아이는 물속에 잠기고

아무도 없다 국기는 불타고

아무도 없다 아무도 없고 아무도 없다

아무도 없고 시는 안된다

시는 없고 아무도 없다

#43

커튼을 내리고 방은 환하고 옷을 벗고 몸은 어둡고 바람을 맞고 나뭇잎은 떨어지고 창문을 닫고 햇살은 출렁이고 꼬리를 말고 잠은 이어지고 이불을 구기고 기억은 접고 문을 닫고 향기는 흐르고 귀를 세우고 밸브는 열고 눈을 감고 라이터는 켜고

#44

슬픔을 질투할 때가 있다 절망을 부러워할 때가 있다

슬퍼도 슬프지 않을 때 절망해도 여운이 남을 때 부럽다는 말이 내 속을 채운다 너의 슬픔과 절망에서 나의 슬픔과 절망을 뺀 나머지, 질투와 부러움, 질투와 부러움으로 그 빈 곳을 채워야 너의 슬픔과 나의 슬픔, 너의 절망과 나의 절망은 같아진다 슬퍼서 질투하고 절망으로 부러운, 같다는 감정, 언어의 등가

#45

어젯밤 시간을 먹고 잤다 밤새 시간이 자라나 부푼 배를 잡고 아침에 깨어났다 숨 쉴 때마다 시계의 초침 분침 시침이 차례로 흔들렸다 한 시간이 지나면 시간을 낳을 것 같은데 내가 먹은 시간은 가지 못했다 부푼 배를 안고 시간이 가기를 기다렸으나 영원한 현재가 계속되었다

#46

격언도 떼어주고 깨달음도 베어주고 예찬도 돌려주고 찬양도 싸주고 은유도 나눠주고 제목도 버리고 비쩍 마른 시만 남았다

#47

편도선이 부은 밤은 길기도 하지 진통제 두 알로 지새
는 밤은 깊기도 하지 버리지 못한 밤은 무겁기도 하지 고
통은 길고 깊고 무겁고 전통은 죽지 않고 그루브를 타지

#48

수면에 얼굴이 떠오른 너는 젖은 눈을 뜨고 나를 본다
아직 수면 아래에 있는 너의 반쪽 얼굴에 떠오른 반쪽 얼
굴 가면이 덮이면 너는 온전한 얼굴이 된다 수면 위 반쪽
은 물기를 머금고 수면 아래 반쪽은 빛을 흘린다 수면 위
반쪽 얼굴에서 맺힌 물방울이 수면에 떨어져 물 가면이
일그러진다 반쪽이 웃고 반쪽이 운다 그렇게 한참을 바라
보던 얼굴은 서서히 수면 아래로 가라앉는다 물 가면은
조금씩 허공으로 흩어지고 수면의 파동조차 잔잔해지자
물은 하늘을 쓴다

#49

세 개의 문은 문이 없다 그곳은 빛으로 충만하다 한 사

람이 어둠을 입고 첫 번째 그곳을 통과한다 말 한 마리가 검은 갈기를 세워 두 번째 문을 지나간다 밤을 가로질러 온 새 한 마리 쏜살같이 세 번째 문을 지나간다 해가 지고 문은 어둠으로 가득 찬다 빛을 입은 한 사람과 흰 갈기를 날리는 말 한 마리와 낮을 건너온 새 한 마리가 세 개의 문으로 차례차례 들어온다 세 개의 문 세 개의 빛 세 개의 어둠 세 개의 움직임

#50

그 와중에 또한 다른 이들이 진지하게 생각해보니 내가 좋아하는 사람이 있어서 그동안 지독한 저주에 걸려 있는지 없는데 그냥 좀 많이 넘길 때마다 너무 많이 와서 함께하고 걱정은 덜어내는 자리로 만들고 싶어 하는 여드름 완전 정복 카펫을 깔아놓고 왜 이렇게 잘생겼어 잘할 것 같은 느낌 아니까 상담 문의 주세요 좋습니다 계속해서 인연을 이어가실 분들은 옮긴 계정으로 소문내자 걔는 진짜 너무 잘생겨서 심장이 아파 쉽지 않아 틴탑은 쉽지 않아 그래도 하잖아 잘할 것 같은 느낌

(엄지손가락을 멈춘다)

#51

낙엽 떨어진다 봄에도 잎은 떨어진다 낙엽 떨어진다 과잉이다 뒤돌아보지 말아 아래도 보지 말고 위도 쳐다보지 말고 과잉이다 앞도 보지 말고 눈을 감는다 낙엽 떨어진다 보이지 않아도 떨어진다 적당한 추락은 계절이 없다 이제 기타를 치자 오래전 물었던 적이 있다 눈을 감고 낙엽을 보니 생각나는 노래 이 노래가 끝나면 눈을 떠야 한다

#52

메인 컬러는 리넨화이트, 서브 컬러는 블러드레드, 아이덴티티만 완성될 수 있다면 내 속의 모든 장기를 바꾸어도 좋아요

#53

이제 우리라고 할 만한 것이 없다 물과 산과 하늘은 이미 사라졌다 낡은 구두 뒤꿈치 닳아버린 굽 아침에 떼어

낸 눈곱 오래전에 뱉어버린 가래 무너진 담벼락 부러진
손톱 재활용 쓰레기봉투를 우리라고 해야 할까

#54

나에게 다가오는 것은 센서와 CCTV와 마이크와 카메
라뿐 몸뚱어리의 메스 자국만이 편안한 날이 왔다 물속의
나날, 옛 시인의 상투가 절실한 하루, 하나님도 모욕받기
충분한 날이 왔다

#55

신문에 읽히는 남자의 눈 텔레비전 뉴스에 스캔되는 노
인의 입 스마트폰 화면에 끌어올려지는 여자의 손가락 둥
근 네모 구불구불한 마름모 붉은 파랑 파란 빨강 겹겹이
쌓이는 꼴들 색깔들 이어폰으로 흐르는 음악 뒤섞이는 지
하철 안내 방송 전동차를 흔드는 어깨에 걸린 가방들

#56

내 그림자 열 개가 나를 몰고 간다 계단을 오르는 발자

국의 끝 보도블록 밑이 궁금하다

#57

끝없이 펼쳐진 바다 멀어질수록 짙푸른 하늘 따뜻하게 발자국을 붙드는 황금 모래 소나무 숲을 헤치고 나와 몸을 적시는 산바람

#58

보도블록 밑에 숨은 세상 그곳으로 다이빙해 들어간다 하루는 곧 몇몇 해를 지나 다시 보도블록을 봉인하고 무심히 스물네 시간을 채울 것이다 깨뜨린 보도블록 조각들만이 지난 시간을 기억할 것이다 아무도 그날 하루를 떠올리지 않을 것이다 내가 기억하는 것은 그날 저녁 여섯 시의 알람 소리뿐

#59

눈송이 얹힌 나무 벚꽃 활짝 핀 사월 하루를 걷는 것 같다 그렇지 하얗지 닮은 것은 하얗게 피거나 얹힌 거지 하

얗다는 건 다 얹히거나 피지 않아도 나를 설레게 하지

#60

삶의 지혜를 깨닫는다

설레는 것은 모두 하얗다거나

설렘이 불안을 잠식게 한다거나

이도 저도 아니면

하얗게 지는 것은 아름다운데

나는 왜 지지 않고 생생할까

하는 짐짓 의뭉스러운

이미 답인 질문

#61

깨달음은 지우기로 한다 하얀 것은 하얗다고만 쓴다 하얀 것과 하얗다는 같지 않은데도 같다 하얗다는 건 결코 하얀 것이 아니지 하고 또 쓴다

#62

누가 처음 하얗다고 기록했을까 누가 처음 노래하라고
썼을까 이것만 궁금하다 바람 부니 가지 흔들린다 당연한
가 그래도 쓴다

#63

그곳에 눈을 두고 왔다 돌아온 지 사흘이 지난 뒤에야
알게 되었다 아무것도 보이지 않은 것이 아니었으므로 며
칠 동안 알지 못했다 거리를 걷다가 우연히 그곳의 익숙
한 풍경이 보였다 놀라지 않았다 그곳은 이곳과 다르지
않았다 거리의 미세한 흔들림만이 이 사실을 내게 알려
주었다 하늘색과 보도블록의 흐름 졸고 있는 고양이 묶여
넘어진 자전거 모든 것이 같았다 어쩌면 그것을 만졌을
때 알 수 있었다 떠나온 산과 구름 흐느끼는 분수 날리는
비닐봉지가 지금 곁에 없음을 사라지지 않은 많은 것이
사라졌다 곁에 있는 모든 것은 이미 사라진 것 곁에 있는
사라진 것을 만지고 나서야 눈을 두고 왔음을 알았다 돌
아가고 싶지만 떠나고 싶지 않다 잠시 눈을 감고 두고 온

눈을 떴다

#64

아침보다 더 낯선 저녁 가만히 어디에서 온지 모르는 날 선 시간 저녁에서 한밤중까지 아직 여섯 시간 남았다고 쓰는 순간 아침이 아닌 저녁 쉿, 시작이 늦었다고 굳이 말하지 못하는 마음속에서 사라졌던 공장이 자리 잡았던 강 건너 굴뚝에 피어오르는 연기

#65

끓는 물을 알리는 증기 피리를 잠재우는 주전자 뚜껑을 여는 바리스타의 손길

#66

숲이 보이지 않는구나 꿈속에 나타난 죽은 시인이 내게 한 말 어제 사고 난 차를 둥글게 말고 침묵으로 접착한다 소리 날 때마다 부속이 툭툭 떨어져나간다

#67

나는 왜 네가 아니고 나일까 구름이 강이 나무가 길이 대답했으나 너는 아직 말이 없다

#68

까슬까슬한 햇살 한낮을 늘이며 하늘 꼭대기에서 밀려온다 두꺼운 유리창 사이에서 고양이는 햇살을 등지고 존다 푹신한 방석 위에 하루를 뒤집어쓴 여자 말려 올라간 티셔츠 여자의 허리를 드러낸다 눈을 감고 고양이와 여자는 제 몸을 핥는다 고양이는 혀로 여자는 손톱으로

#69

벌떡벌떡 일어서려는 쩍쩍 갈라지려는 쭈글쭈글 접히려는 하루 햇살과 혀와 손톱에 쓸려 차분하게 가라앉는다

#70

벚꽃 잎 흩날린다 벚꽃 잎 날린다 벚꽃 잎 떨어진다 벚꽃 잎 진다 벚꽃 잎 벚꽃 잎 꽃잎 잎 잎 잎 돈다 잎 움튼

다 잎 파랗다 봄날은 간다 날 간다 봄날 핥는다 날 핥는다 혀 베인다 피 닦는다 피 밴다 붉지 않다 생긴다 기다린다 아프다 떨어진다 여름이다

#71

이 시에는 여러분이 기대하는 것은 없다 숟가락에 얹혀 나는 잠든다

#72

어쨌든 꿈이라 하자 모래알도 그림자를 늘어뜨리는 해 넘이 직전 사막의 언덕 낙타 다리와 내 머리는 그림자를 천만리 늘어뜨린다 이별을 낙타 봉에 품고 사막을 건넌다 사막의 모래를 다 적시도록 울어도 끝나지 않을 이별 황금색 모래언덕 칠흑 속으로 서서히 잠긴다

#73

밤을 건너 검은 모래 끝에 다다르자 한 번도 녹은 적 없는 눈이 층층이 쌓여 있는 세상 어깨의 맨살이 드러난 검

은색 드레스를 입고 밤은 떨림도 없이 눈 위에 눕는다

#74

희고 희고 또 흰 수천 겹의 시간 위에 선명하게 새겨지는 이별

#75

햇살은 그저 빛일 뿐 열도 없는 한 가닥 선 시간 위에 또 시간이 덧쌓인다 이름이 전혀 떠오르지 않는 누군가의 어깨 그것을 수평선이라고 하자, 일단은 밝음도 이름도 없는 천년 동안의 그것 물이 차다 선이 끓는다 꿈이라 하니 해몽이 필요하다

#76

더 나이 들기 전에 마스카라 두껍게 칠해 눈 좀 크게 뜨고 아랫입술에 피어싱 당집 처마에 달려 있는 녹슨 방울 달고 뽀글뽀글 파마한 머리 위에 소멸해가는 구름 한 조각 올리고 거리를 활보해볼까

#77

　아직 부족해, 고양이는 뒷다리를 바짝 올린 채 발바닥을 핥으며 그르렁댄다 세서미그리시니를 앞니로 톡톡 부러뜨려 먹으며 사타구니 사이로 머리를 디밀고 그루밍의 끝을 보여주던 고양이가 타투를 권한다 나는 다리를 핥는 대신 장단지에 오늘의 할 일을 새겨 넣는다

#78

　푸르뎅뎅하게 선명해지는 기억
　푸줏간 갈고리에 걸린 인디언 용사는
　바람처럼 일어난 하루를
　반성하며 천 일 동안 자기 몸을 잘게 저민다
　결국 남는 건 주름
　살갑지 않은 주름
　그 선을 따라 매일 서슬 푸른 칼끝이 지나간다
　모든 주름이 갈라지면 거리에는
　비로소 사람이 지나간다

#79

선명이라고 기록한다 언제든 지울 수 있는 4B 연필 그
때 지우개를 잊지 말라는 천상의 소리가 울린다

#80

마음은 이미 콩밭 작은 잎 하나도 버거운 시간의 연속
길을 걷다 문득 하늘을 올려다보는 순간 구름이 모였다
흩어지는 동안 걸음을 멈춘 발끝에 후두둑 떨어지는 햇살
아프리카나 네팔, 안데스를 걷는 마음 발걸음마다 툭툭
떨어지는 생각

#81

고르고 고르고 또 고르는 몸속 붉은 그것 톡톡 튀는 고
통 속 고통 아픈 자리는 마음 아닌 몸 흔적이 없으면 상상
되지 않는 몸 반짝 빛나는 붉은색 체리

#82

길을 걷는다 지도 위에 밤하늘을 그리고 별 몇 개 반짝

새기며 걸음을 재촉한다 해발 1500미터의 도시에서 길을 잃는다 상처를 소독하는 것처럼 깊어지는 아득함 한 아름 안기는 어둠

#83

장미 세 단을 사서 형이 말한다 우리 한 단씩 나눠 갖고 집으로 가자 형 한 단 나 한 단 동생 한 단 우리는 형제지만 집이 각각 달라서 장미 한 단씩 들고 안고 넣고 집으로 향한다 형 나는 장미가 싫어요 프리지어가 좋아요 형은 돈을 내고 그냥 장미로 주세요 내 말을 들었는지 못 들었는지 알쏭달쏭해 형의 얼굴을 쳐다봤으나 나와 눈조차 마주치지 않는다 동생은 장미가 좋아 장미라도 좋아 가시에 찔려도 좋아 가시에 찔려서 좋아 노래하며 장미를 흔든다 나는 장미를 손에 쥐고 프리지어를 바라본다 향기라도 맡으려고 고개를 디밀다 형이 휘두른 장미 한 단에 뒤통수를 맞는다 안경이 튀어나가 프리지어 꽃 속에 묻힌다 향기가 좋아 향기라도 좋아 흐려도 좋아 흐릿해서 좋아 나는 울면서 노래한다 형은 장미 세 단 값을 내고 장미 한 단

을 들고 한 단이라도 좋아 한 단이어서 좋아 가벼워서 좋아 가벼워야 좋아 흥얼흥얼 콧노래를 부른다 우리는 정말 집이 달라서 형은 지하철을 타고 나는 버스를 타고 동생은 자가용을 타고 집으로 간다 형은 전동차 선반에 꽃을 두고 내린다 이 사실도 모른 채 지하철 에스컬레이터를 타고 지상으로 오른다 가벼워서 좋아 가벼워야 좋아 홀가분해 좋아 홀가분해야 좋아 콧노래는 빙글빙글 이어진다 동생은 자가용을 타고 가다 장미 꽃잎을 하나씩 떼어 내 차창 밖으로 날린다 장미여서 좋아 장미여야 좋아 가시만 남아도 좋아 가시만 남아야 좋아 카라디오에서 흘러 나오는 연주곡에 맞춰 노래한다 집에 도착한 나는 형에게 전화를 건다 집이어서 좋아 집이라도 좋아 집이니까 좋아 형은 없는 장미 대신 색깔을 떠올린다 붉어서 좋아 붉더라도 좋아 붉으니까 좋아 동생은 아직 차 속에서 노래한다 멀어져서 좋아 머니까 좋아 멀리해서 좋아 나는 아직도 손에 있는 장미가 부끄러워 믹서에 넣는다 우유를 붓고 설탕 시럽도 추가한다 셰엑 섹 셰엑 섹 장미는 사라지고 장미셰이크 달아서 좋아 다니까 좋아 달아야 좋아 셰

엑 섹 소리가 좋아 소리여서 좋아 소리니까 좋아 높은 도
까지 오르는 장미셰이크를 마시며 형과 동생을 생각한다
형이어서 좋아 형이라도 좋아 형이라니 좋아 동생이어서
좋아 동생이라도 좋아 동생이라니 좋아 장미셰이크는 사
라지고 장미도 사라지고 유리잔만 남는다 씻을 수 없는
장미셰이크의 흔적 흔적이라도 좋아 붉어서 좋아 맛있어
서 좋아 장미로 가득 찬 배를 만지며 나는 잠이 든다 꿈이
어도 좋아 꿈이라서 좋아 꿈이라야 좋아

#84

어둠이 걷히지 않아도 고르고 고른 별빛을 따라 경쾌하
게 걷는다 그뿐이다 걸으면서 걷고 어둠에 안겨서 걷는다
어딘지 몰라도 걸음이 멈춘 곳이 길 끝이다 붉은 고른 튀
는 밤 걸음

#85

개 한 마리 영역을 표시하고 지나간 자리 모퉁이에 흐
르는 액체가 마르는 동안 누군가는 땅을 잃고 누군가에게

는 토지세가 추가된다

#86

버리지 못해 식은 커피를 꿈이라 해야 한다 향기가 없어도 삶은 계산된다 수선화가 필 때까지 오래도록 다리를 접고 앉아 책상 밑에 고인 소리를 듣는다 너덜너덜해진 종이봉투에서 새 일을 꺼내놓고 죽은 사람의 이름을 읊조린다

#87

사랑은 이름에 묻히고 이름은 아무것도 피우지 못한다 그를 부를 때 찬바람이 인다 아무도 부르지 않는 이름 붉은 펜으로 지운다

#88

하늘이 서쪽으로 빨려 든다 젖었던 하루가 바싹 마른다 어둠이 건조대 위에 걸린다 아무도 개지 않는다

#89

차지 않은 달에 고통이 든다 응급실의 침상, 위 세척실의 튜브, 응급 수술실의 메스는 모두 보름달의 일부 중환자실 침상마다 가득한 보름달 달이 차고 기우는 곳은 어디나 응급실

#90

내 몸을 기억하는 사람들에게 나는 감사한다 내 몸을 사랑했던 사람 내 몸을 증오했던 사람 내 몸을 고깃덩이로 여겼던 사람 내 몸을 기계로 다뤘던 사람에게도 나는 감사한다 기억이 지워질 때 나는 빛이 된다 그냥 낙하하는 입자 이내 사라져버리는 파동

#91

시간이 출렁거릴 때 비로소 나는 어른이다 슬픔도 기쁨도 아닌 상태이거나 포즈 흔들림이 멈추자 나는 거짓의 어른, 어른 아닌 어른 어설픈 주삿바늘이어야 할 시간 출렁거림 없이 흐르는 시간 고통이 빠져나가는 보름달 둥근

것이 사라진다 거기에 들어선다 캄캄한 시간 속 출렁이는
어둠 다시 제목을 확인하는 검지

#92

만월에서 그믐까지 부푼 바다 흔들리는 어둠 야위어가
는 몸

#93

나는 왜 팔이 두 개밖에 없을까 어제는 그중 하나를 숨
겼다 한 팔로 휘적휘적 걸으며 내가 소유한 것을 생각했
다 한 팔로 쓴다 거리를 걸음을 어제의 행위를 숨긴 한 팔
이 생각나지 않는다 어디에서 빠졌는지 떠오르지 않는다
찾을 수 없다 하나는 운명이 다르다

#94

이것은 목련이다 다들 그렇게 생각한다 밤에 보는 목련
은 하얗다 검은 밤하늘에 하얀 목련 다들 그렇게 말한다
이것은 벚꽃이다 밤에 보는 벚꽃은 하얗다 검은 밤하늘에

흰 벚꽃 밤에 보는 목련과 벚꽃 두 꽃은 하얗다 흰색은 꽃
이다 밤하늘에도 벚꽃은 벚꽃이고 목련은 목련이다 다들
그렇게 말한다 등고선처럼 번지는 꽃잎들 거친 바람에 날
리는 비닐봉지들 어지럼증도 없이 뚝뚝 물드는 창문 말하
고 다시 고개를 숙이면 낯설다 다시 쓴다

#95

아버지의 몸이 점점 자란다 죽여도 죽여도 죽지 않는
끝없이 이어지는 죽음 그사이 아버지는 여러 몸으로 분화
된다 아이들은 죽임을 포기하고 자살한다 아이들은 커서
다시 아이가 된다 아버지의 죽음은 소문으로만 현실 아버
지 아버지 부르면 나타나는 아버지들

#96

창가에 있다 저녁 해와 흐린 손톱 달 너의 반짝이는 이마
와 고양이의 아기 울음소리 시간은 여기서 멈춘다 영원한
과거 쟁반에 받쳐 든 함성과 악다구니와 발자국 울림과 서
치라이트와 담뱃불 아무도 손대지 않아 식어가는 이미지

#97

어제 보낸 초대장이 도착하지 않아 지금 참석할 수밖에 없는 너는 천생 시인이다 아직 한 편의 시도 발표하지 않은 너는 시를 어디에 두었는지 알지 못한다 했다

#98

평화롭게 지내세요 하고 인사하지 못하는 평화주의자와 너는 잘 어울리지 못한다 빗방울 소리조차 견디지 못하는 지금 이곳은 파티의 시간 영원히 될 대로 되라는 주문이 개그가 되는 공간

#99

초대장을 잃었다고 시를 내밀며 문을 열고 들어오는 시인 정원으로 나가지 못하고 어제의 영원함을 축배하자던 사람들 정원에는 아무도 없고 차가운 저녁 해와 희미한 달빛이 조명을 대신한다

#100

　오늘은 아무 생각을 하지 않기로 했다 물속에서도 나는 생각 없이 팔을 젓고 다리를 흔들었다 아무 생각 없이 조건반사처럼 몸을 움직였다 몸이 흩어지는 듯했다 흩어지는 몸만 남기고 듯하다는 머릿속에서 지웠다 물기둥은 너무 짧다 흩어지다 만다 과속 감시 카메라를 지나자마자 속도를 올려도 곧 과속 카메라가 나타나 속도를 줄여야 하는 것처럼 짧다만 남기고 마치에서부터 것처럼까지 지운다 머릿속 생각이 지워진다

#101

어디다 꽃을 꽂을까

#102

　그날 아침 일어나서 나는 외로움을 발견했다 아침은 지운다 외로움은 막무가내다

#103

돌먼지는 먼 곳에서 날아온다 누군가의 망치질이 오늘 아침 내 눈에 들어와 눈물을 만든다 창문을 닫아도 뿌연 산은 더욱 부풀기만 한다

#104

아스팔트 도로 파인 곳에 물이 고여 있다 하늘 한 자락 이 거기에 담긴다 자동차 바퀴가 튀긴 물방울 속에 하늘 이 흩어진다 생성은 지속된다

#105

머리에 나무가 자라면 말하리라 그동안 기록했던 침묵 으로 나뭇가지에 말들이 열리고 여전히 기록하는 새들이 날아와 그 말들을 먹게 두리라 말들이 새소리가 되어 초 성 중성 종성으로 쪼개져 떨어지리라

#106

서정만큼 끊기 어려운 것도 없다 정은 중독성이 강하다

묻지 못하고 너는 시들었다

#107

풍경에 기름이 흐른다 너의 눈에서는 눈물이 흐른다

#108

봄은 격정을 밀고 온다 아지랑이는 몸의 파동 끝날 것 같지 않던 겨울의 끝자락에서 쓰러지는 건 봄이다 잠시 누워 온몸으로 땅을 민다 흔들림이 끝나면 봄은 이미 봄이 아니다 계절 사이 잊힌 이름을 부르는 목소리만 메아리친다 바지 주머니에 손을 넣고 다리를 포갠다 그래도 하늘을 볼 수 없다 아늑한 바람이 내 눈을 멀게 한다

#109

깨닫지 말아요 나를 그대로 봐줘요 볼 수 없다면 두 손으로 나를 만져줘요 느낌을 말해봐요 말할 수 없다면 온몸으로 나를 그려줘요 미담은 말고 농담으로 온전한 죽음으로

#110

다음 생에 그다음 생에 나는 길들지 않은 여우로 태어
날 것이다

#111

당신과 나 오늘 밤에는 제대로 잠들지 못해 당신은 요
를 덮고 나는 베개를 덮는다 혹시 독특한 잠자리로 보일
까 봐 얇은 이불을 공통으로 깔고 보편적 잠을 추구한다
어쨌든 당신과 나 밤이 새도록 잠들지 못해 감은 눈으로
새벽을 맞는다 내일 아침에는 잠들 수 있을까 내일은 또
어떻게 일어나나 같은 고민을 공유하고 해결하지 못한 고
민에 안도한다 당신은 수영장으로 가서 물을 덮고 나는
어학원에서 말을 덮는다 졸음을 입는 당신과 나 어젯밤
잠 못 든 사람들이 개별적 졸음으로 일상적 삶을 시작한
다 졸음을 쫓으며 하품하는 당신과 나 수면 부족을 함께
하며 안심한다 당신과 나는 다르지 않은 점의 차이를 알
지 못해 지각하며 안도한다 다시 오늘 밤 편히 잠들까 봐
걱정하며 당신과 나 수면의 차이를 생각한다 다르지 않은

오늘 밤 잠 못 드는 밤이 여러 날 계속되는 졸리는 나날의 차이 없는 보편의 밤

#112

철재 담장 너머 머리에 색색의 수건을 쓴 여자들이 나무 사이를 오가며 지난가을 떨어진 나무 열매를 줍고 있다 마대를 하나씩 들고 고무장갑을 팔꿈치까지 올린 여자들 떠드는 소리가 담장을 넘어온다 가끔 멧비둘기 소리도 섞인다 창문을 열자 소리는 말이 되어 들어온다 담장 옆에 주차돼 있는 활어 수송 차량은 풍경에서 지운다 아, 한마디 말이 노래가 되고 시가 되고 당신의 말과 시는 같은가 바람은 아직 차다 창문을 닫는다 소리가 아름다운 아침

#113

벽이 물을 타고 지붕으로 오른다 생이 시간을 타고 자궁으로 간다 바람이 전동차를 잡아당겨 지난 역으로 간다

#114

함께 떠나자 했던 사람 아직 오지 않은 열차 안에서 차창을 내다보다 떠나는 열차에 식겁한 적이 있다 생도 그러하겠지 하는 생각을 함께 떠난 열차 안에서는 하지 못하고 수없이 많은 열차를 오르내린 뒤 하게 되었다

#115

찬란한 것은 오로지 저 시장 속의 삶뿐, 이런 걸 시로 쓰는 것이 구차하다

#116

칼에 손이 벤 것은 거스른 게 아니다 손이 칼을 붙든 것이다 피는 통로를 벗어나 칼을 씻는다 고통은 그런 것이다 흐름대로이거나 거스르거나 능동이거나 수동이거나

#117

고통은 고통이다 봄에도 눈이 오고 눈 속에도 봄이 든다 몸이 아픈 마음을 다 품어버렸다

#118

어둠이 없으면 빛이 없다 빛이 없으면 소파가 없다 소
파가 없으면 어둠이 없다 없다가 있으면 있다가 없다

#119

나는 몸이 있고 눈이 있고 입이 있고 귀가 있고 코가 있
다 신체포기각서를 쓰고 혁명을 사는 밤 혁명의 이자는
한쪽 콩팥이거나 왼쪽 눈알

#120

여자는 남자의 손을 잡고 원시림을 건넌다 숲을 훌쩍
뛰어넘는 여자의 도약은 가볍다 나무 위에 선 남자의 손
이 떨린다 숲 밖에는 버스 한 대가 멈춰 서 있다 버스 뒷문
은 열려 있고 자리에는 몇몇 사람이 졸거나 신문을 보거
나 이어폰을 끼고 있다 여자가 건너온 숲 이쪽 입구에는
미처 건너가지 못한 여자의 스커트 끝자락이 걸려 있다
숲은 푸르고 여자와 남자와 버스는 검거나 희다 한순간이
멈춰 있다 아슬아슬하게 걸린 이미지

#121

고양이를 쓰다듬는다 머리끝에서 발끝까지 천천히 끝에서 시작해 끝으로 끝을 맺는 끝 고양이는 달아나려고 꼬리 끝까지 긴장한다 손끝은 붙들려고 끝까지 힘을 준다 끝장을 보려는 힘 끝장을 쥐려는 힘 팽팽하게 만난 끝과 끝 끝나지 않는 끝

#122

어머니가 캐리어 안에 눕는다 몸을 둥글게 말고 다리를 접고 팔을 접고 머리를 사타구니 사이에 밀어 넣고 오른손으로 더듬더듬 지퍼 손잡이를 찾는다 엉덩이에서 시작된 지퍼는 천천히 가방을 닫는다 지퍼의 이빨이 가지런히 어머니의 몸을 닫는다 지퍼의 끝에 어머니의 오른손이 비어져 나와 있다 얘야 이 손을 자르고 가방을 닫아다오 빨갛게 마무리되는 지퍼의 끝

#123

눈을 떠도 떠오르는 이미지가 있다 풍경을 가리는 마음

대로 지울 수 없는 이미지 눈을 감으면 풍경도 사라진다
풍경을 지우고 어둠만을 살리는 이미지 하얗게 덧칠하는
이미지 이미지를 지우는 이미지 이미지 이전의 이미지 이
미 이미지가 아닌 이미지 묘사하려면 지워야 하는 이미지

#124

하늘을 스캔한 강물 위에 과일을 실은 배 두 척이 하루
의 끝자락에 떠 있다 배와 배가 맞닿은 곳에서 하늘이 무너
지기 시작한다 파장으로 지워지는 하늘과 하늘 사이에 물
이 든다 배 위의 열대 과일이 흔들린다 선수와 선미가 똑같
은 배 앞으로도 나가지 못하고 뒤로도 물러나지 못한다 강
물이 배 끝을 잡고 하늘이 뱃머리를 막는다 끝과 시작은 배
의 몸통을 가운데 두고 팽팽하다 언제나 시작 영원한 끝

#125

버스 정류장 옆 횡단보도 금 간 아스팔트 위 흰색 보도
마크가 갈라진 아스팔트 여자 셋이 그 위에 선다 보도 마
크는 그녀들을 감싼다 낡은 보도 마크 깨진 틈으로 여자들

의 몸이 드러난다 꿈꾸듯 자전하는 여자들이 조금씩 떠오른다 파란 횡단불이 켜지자 그녀들은 바닥에 떨어진다 토막 나는 몸뚱어리 위 다시 하얗게 선명해지는 보도 마크

#126

까마귀들이 이리저리 뒤엉켜 울부짖고 있다 서로의 부리 끝에 찔린 몸에서 피가 흐른다 검거나 붉은색만이 존재하는 그곳에 흰색 부리의 까마귀 가면을 쓴 여자가 금발을 날리며 불쑥 들어온다 까마귀들의 부리 끝이 한순간에 흰 부리를 쫀다 뜯겨나간 흰 부리가 바닥에 투둑 떨어진다 금발이 날리고 여자의 얼굴에서 피가 흐른다 희거나 붉은색은 흩날리는 금빛 머리카락 사이에서 빛난다 한쪽 구석 끝에 까마귀 가면을 쓴 까마귀 부리 끝을 벌린 채 지켜보고 있다 색깔은 기준도 없이 섞이고 있다

#127

이곳은 입속까지 까칠해지는 계절 어떤 시를 베끼고 어떤 시를 섞고 어떤 시를 비틀고 어떤 시를 죽이고 미완성

의 시를 완성하리라 시는 자연의 섭리에서 잘못 태어난 돌연변이 자살할 수 없다면 모든 시는 스스로 거세해야 하리 아름다운 자연에 거슬리는 시는 이제 그만 생식을 멈춰야 하리 곧 평안과 성찰과 깨달음이 세상을 구원하고 천국을 예비하게 하소서 이것이 시의 뜻이라면 시의 나라에 은유가 비처럼 내리게 하소서

새벽이 오기 전에 나는 시를 세 번 부정하리라 새벽닭이 울어도 후회하지 않으리라

#128

골목 어귀 횡단보도가 있는 도로 끝에 여자애가 서 있다 미동도 없이 눈동자만 움직여 지나가는 사람들을 좇는다 하루가 맞은편 건물 옥상에 걸릴 때 잠시 여자애의 눈동자에 햇살이 스치고 빛은 건물 너머로 사라진다 길게 드리운 그림자를 거둬 여자애의 몸이 비로소 움직인다 밤을 숭배해왔던 사람들처럼 경쾌하게 십자가 스텝을 밟는다 건물 뒤 골목으로 사라진다 언제 여자애는 양으로 변할까 오늘도 무사히 밤을 맞은 사람들 사이에 섞여 여자

애는 어두워져간다

#129

그것이 몸속으로 들어온다 삼킬 수 없는 그것 씹을 수 없는 그것 끊기지 않는 그것 쉼 없이 들어오는 그것 침을 흘리며 받아들인다 그것의 끝에는 빛나는 눈 하나 몸속을 들여다본다 어두워서 환한 몸속 두리번거리는 그것 아무것도 찾지 못한 그것 천천히 몸속을 빠져나온다 두 팔을 머리 위로 움직이지 말고 발끝을 모아 혈관을 열고 통 속으로 들어간다 숨 쉴 때마다 다시 제자리 통 밖으로 밀려난다 숨 쉼 없이 서서히 통 속으로 들어간다 얇게 잘리는 몸 안경이 벗겨지고 눈을 감는다 그것은 더 이상 몸속에 있지 않다

#130

416번 손님 주문하신 음식 나왔습니다 이것은 사실, 상징도 은유도 아니다 식판을 받아 든다 번호판을 흘금거리며 식당 부스를 바라보는 사람들과 식판을 앞에 놓고 수

저를 움직이는 사람들 사이에서 식판을 들고 굶주림에 내몰린 경계의 삶을 생각한다 이것 또한 은유가 아니다 식전 식판과 식후 식판의 차이는 무게가 아니다 경계와 경계 사이에 채움과 비움이 동시에 일어나는 시공간을 감지하는 능력이다 이것 역시 삶의 철학이 아니다 남는 것은 포만감과 사색밖에 없다 몸과 시간이 긴장하는 변곡점에 이르렀을 때 졸음은 완성된다 이것은 과학이 아니다 수식어도 없는 과학은 절대 아니다 결국 남은 것은 시 이것도 저것도 아닌, 이 사이와 그 사이에도 없는 시 이 시와 그 시 사이

#131

강가의 나무 바람 없어도 흔들리는 나뭇잎들 나뭇잎에 출렁이는 햇빛 일렁이는 물결 빛은 바람의 끝을 타고 와 나무를 태운다 밝아질수록 어두워지는 나무 이름을 잃고 어두워진다 물결 위로 떨어지는 어둠 일렁이는 하루 다시 빛이 스며든다 불나무는 검고 사위는 탄다 강가의 나무 바람을 흔들어 깨운다 바람이 몰아치고 나무는 잠든다

#132

우울에 붙은 하루 측량하기 힘든 시간 물컵의 물을 비우자 떠오르는 난파선 두둥실 공기에 밀려 솟구치는 선미 젖은 깃발 하나 뒤집힌 하늘에 점점이 박히는 섬들 해안 도로를 한 바퀴 도는 시간 증발하는 물방울 갇힌 사람들 분할되는 햇볕 유보되는 목숨 물로 떨어지는 꽃잎 하나 둘 셋 천천히 계산되는 순서 끝없는 무리 끝의 우울

#133

저수지를 보았다 하고 시작하는 시를 보았다 하고 쓰는 시인을 보았다 하고 고개 숙인 여자를 보았다 하고 놀라는 아이를 보았다 하고 달리는 개를 보았다 하고 차를 모는 운전수를 보았다 하고 퇴근하는 회사원을 보았다 하고 잠을 자는 남자를 보았다 하고 거짓말을 하는 친구를 보았다 하고 자살하는 학생을 보았다 하고 눈을 감는 노동자를 보았다 하고 물을 주는 노인을 보았다 하고 떠벌이는 맹인을 보았다 하고 하고많은 하고를 보았다 하고

#134

내 사랑을 파시스트라 불러도 좋다 커피 한 잔이 식기 전에 너와 나는 사랑한다 사랑을 내게 보여줘 그러면 난민이 되어 국경을 넘겠어 너와 내가 맞잡은 손을 사랑할 수는 없다 밤의 플랫폼에서는 모두 같은 기차를 기다린다 내가 사랑할 수 있는 건 오로지 소실점으로만 하나 되는 기차 레일 점점 사라지는 점 카리스마 넘치는 마찰력 레일에 비친 밤하늘

#135

몸이 식어간다 별에서 바람이 불어온다 풀이 있던 자리 아스팔트에 금이 간다 눈이 감긴다 졸음의 깊이만큼 몸이 차가워진다 풀이 자라고 일어난다 바람이 분다 눈을 감았다 뜨자 몸이 식는다 관계도 없이 이유가 되고 이유도 없이 관계가 된다 차가운 밤은 별과 바람과 풀과 관계와 이유로 눈을 감았다 뜬다

#136

여자는 분장실 거울 앞에 앉아 있다 가면을 머리 위에 올리고 두 손을 모으고 거울 속 자신보다 더 먼 곳을 응시한다 가면은 웃고 있다 미세한 주름도 표현된 가면은 분장실 천장을 보고 있다 여자는 벗은 몸으로 분장을 시작한다 코를 깎고 턱선을 둥글게 만든다 튀어나온 광대뼈를 밀어 넣고 얼굴에 접착제를 바른다 접착제가 마르기 전 가면을 내려 쓴다 여자는 거울 속 더 먼 곳에서 알몸으로 얼룩말을 타고 달려오는 한 여자를 본다 여자는 가면을 벗고 거울 속으로 들어간다

#137

얼굴을 덮기 직전의 가시덤불은 아름다워

#138

침대 끝에 오른
고양이는 섹시하다
꼬리를 세워 지팡이처럼 끝을 말고

스프링이 망가진 매트리스 위를

사뿐사뿐 가로질러

자리를 잡고 눕는다

발가락 끝을 뻗쳐

하나하나 핥는다

바람이 창틈을 헤집는 소리에

귀를 턴다 만지려 해도

만질 수 없는 고양이의 몸

발끝으로 다가가자

꼬리를 흔든다 창밖은

햇살 바람 꽃

봄은 봄

고양이는 고양이

하루에도 열두 번 변신하는

고양이

#139

비행기의 날개를 생각하는 밤이다 하염없이 날아가는

밤이다 위에서 아래로 아래에서 위로 요동치는 밤이다 요
동이 규칙적인 밤이다 드러난 어깨가 들썩이는 밤이다 흔
들림이 가슴 뛰게 하는 밤이다 온몸이 따뜻해지는 밤이다
생명이 잉태되는 밤이다 돌연변이가 매끈한 알 속에서 숨
쉬는 밤이다 밤은 밤이다

#140

철문은 닫혀 있었다 집 안에는 아무도 없었다 잔디 깎
는 소리가 들렸다 아무도 없었다 언플러그드 사운드 그린
그린 그래스 옵 홈 아무도 없었다 들어갈 수 없었다 소리
만 들렸다 아무 일도 없었으니 아무것도 아니다 아무것도
아니니 그만 멈춘다 소리만 들렸다 밑으로 밑으로 가라앉
는 소리 그 집이 사라져간다 아무것도 없는데 기억하려
애썼고 아무 일도 없는데 잊으려 애썼다 그해 봄은 그냥
봄 아무것도 없는데 기억하려 했고 아무 일도 아닌데 잊
으려 했다 아직 아무것도 끝나지 않았는데 아무 일도 시
작하지 않았다

#141

여자는 블록 담 끝에 기대 앉아 있다 벌거벗은 몸은 구
겨진 채 말렸고 머리카락이 흘러내려 땅에 닿았다 여자의
몸엔 상처가 똬리를 틀듯 감겨 있다 한낮에도 어두운 몸
은 빛을 완강히 거부한다 블록 담의 오톨도톨한 표면이
오히려 부드러운 오후 끝자락 손바닥으로 담벼락에 어둠
을 덧칠하는 여자 빛나는 것들이 사라지는 저녁

#142

여자는 화분을 들고 있다 화분에는 손이 자란다 굵고
튼튼한 손 흙속의 양분을 죽죽 빨아들이는 핏줄 여자의
턱 밑까지 자란 손 천천히 오므렸다 폈다를 반복한다 여
자는 화분을 아래로 한껏 내린다 여자의 턱 끝에 손이 닿
는다 여자의 턱에 수염이 자란다 손이 수염을 붙든다 당
긴다 비명을 지르며 여자는 화분을 놓친다 여자의 수염을
더욱 꼭 붙든 손 화분이 허공에서 흔들린다 여자의 비명
이 점점 자란다

#143

아버지는 너의 숙주 너는

그의 몸을 찢고 그의 몸을 먹고

그의 몸이 된다

네 속의 너는

너를 찢고 너를 먹고 네가 된다

찢어도 찢어도 살아나는

너의 몸뚱어리

아낌없이 이어지는

고통의 가족력

#144

단두대에 머리가 잘린 남자는 흘린 피를 깔끔하게 닦아
낸다 남자는 피 묻은 옷을 벗고 스트라이프 불빛을 입는
다 구름이 그의 머리를 대신한다 남자는 노천카페에 앉아
커피를 마신다 점점 어두워지는 구름 곧 굵은 비가 내린
다 천둥이 치고 태풍이 불고 바람이 남자의 몸을 통과한
다 남자는 흔들리는 몸뚱어리 위에 빈 커피 잔을 올려놓

는다 불빛이 꺼지자 커피 잔이 바닥으로 떨어진다 산산히 부서진다

#145

나의 검은 몸 나의 하얀 그림자 나의 파란 손 나의 푸른 손톱 나의 보라색 거웃 나의 남색 눈썹 나의 비취색 눈물 나의 녹색 하품 나의 투명한 터치 나의 칠흑 꿈 나의 물빛 시간 나의 흐릿한 기억 나의 아득한 내일 나의 뿌연 이름 나의 영롱한 기지개 나의 어두운 걸음 나의 반짝이는 멈춤 나의 그러데이션 삶

#146

여자는 이른 아침 카페테라스에 자리했다 열대야가 이어지는 한여름 아침 길게 누운 햇살이 테라스 깊은 곳까지 쏟아진다 햇살을 비껴 앉은 여자는 아이를 품은 배를 왼손으로 받치고 오른손으로 연신 땀을 닦아낸다 주문한 아이스커피가 나오자 땀 닦던 오른손이 멈춘다 잔 떨림으로 흔들리던 손이 움직인다 아이스커피 옆 작은 시럽 잔

을 집어 든 손이 다시 떨린다 시럽을 마시며 여자는 햇살
을 받는다 여자는 햇살을 두르고 자리에서 일어난다 여자
가 떠난 어두운 테이블엔 더 시원해진 아이스커피와 빈
시럽 잔이 남았다

#147

기자가 전화를 걸어와 김상을 아냐고 물었다 김상 시
인 하고 되물었다 김상이 시인이냐고 다시 물었다 등단하
지 않았지만 죽을 때까지 시를 썼으니 시인 아닌가 하고
받아 물었다 검색에 안 나왔으니 시인이 아닌 게 맞지 않
냐고 또 물었다 등단 안 한 시인이니 검색에 뜨겠냐고 되
받아 물었다 어쨌든 인터뷰에 응해줄 수 있냐고 물었다
무슨 인터뷰냐고 되물었다 시인이든 아니든 김상을 아느
냐고 재차 물었다 시인인 김상과 시인 아닌 김상이 있는
데 누구를 말하냐고 다시 물었다 상관없지만 시인인 김상
을 아냐고 또 물었다 그건 시인이 아닌 김상에게 물어보
면 되지 않냐고 다시 물었다 시인이 아닌 김상을 아느냐
고 따져 물었다 시인이 아닌 김상은 시인인 김상을 알아

야 알 수 있는데 괜찮냐고 다시 물었다 그러면 시인인 김상과 시인 아닌 김상을 다 아냐고 새로 물었다 그중 한 사람이 죽었으니 한 사람만 알면 되지 않냐고 되짚어 물었다 죽은 김상이 시인인지 아닌지 자꾸 물었다 고인을 이런 어려운 문제에 끌어들일 수 있냐고 화내며 물었다 미안해도 되겠냐며 또 물었다 대답 대신 하늘을 보여주었다 구름 낀 하늘이 전화 속으로 빨려 들어갔다

#148

무지개색은 빨주노초파남보 끝도 빨주노초파남보 시작도 빨주노초파남보 가운데도 빨주노초파남보 도중에 포기해도 빨주노초파남보 쉬었다 가도 빨주노초파남보 되돌아와도 빨주노초파남보 아무 데서나 빨주노초파남보 비 오기 전에도 빨주노초파남보 비 온 뒤에도 빨주노초파남보 가뭄에도 빨주노초파남보 눈 감아도 빨주노초파남보 눈을 떠도 빨주노초파남보 꿈속에서도 빨주노초파남보 보남파초노주빨이어도 빨주노초파남보

#149

고양이 꼬리를 밟았다 미끄러지는 당혹과 발바닥을 흔드는 울음 불안이 이 방에서 저 방으로 건너갔다 넥타이를 풀었다 넥타이에 매달려온 삶이 한순간에 무너졌다

#150

물먹은 바람이 불어온다 어디서 본 듯한 하늘 이것은 내 것이 아니다 어떤 물 어떤 바람 어떤 흡수 어떤 이동 베끼지 않고는 전달할 길 없는 나의 감각 오늘의 사죄는 내일의 잘못 어떤 전달에 밤은 깊다 깊은 밤은 복제된다 쌓인 밤하늘에 묘사된 달이 선명하다

#151

빛이 있으라 하였으니 빛이 생겼고 어둠은 비로소 어둠이었다 죽음이 있으라 하니 그가 추락한다 친구의 부음으로 나의 삶이 둥실 떠오른다 그가 지나온 방향으로 나는 흘러간다

#152

옷에 눈이 달렸다 왼쪽 가슴이 옷과 함께 벗겨진다 세
탁기 안에 비명이 가득 찬다 빙글빙글 돌며 비명이 빠진
다 곧 조용해진다 소리가 빠진 가슴이 빨래 건조대에 널
린다 남은 소리가 바닥에 한두 방울 떨어진다 눈이 달린
옷이 가슴 달린 나를 바라본다 초점이 다 빠진 눈이 가슴
에 맺지 못하고 베란다 밖을 쳐다본다 하늘인지 땅인지
숲인지 그 어디에도 머물 수 없는 눈길이 점점 말라간다
문어를 입고 거리를 걷고 싶다 흐느적흐느적 햇살에 몸을
걸고 바짝바짝 걷고 싶다 빨판으로 흡착해 영원한 삶을
붙들고 싶다

#153

주차 타워에서 전화가 온 것은 늦은 밤 떠난 사람이 걱
정될 때였다 번호를 누르고 잠시 기다린다 천천히 두고
온 사람이 떠오른다 문을 열고 그가 들어선다 전화 속 목
소리는 가라앉는다 아무 말도 하지 않는다 슬리퍼를 신지
않은 맨발 자국이 빛을 받아 드러난다 정산은 내일 아침

에 하기로 한다 그곳의 낮 이곳의 밤 이생의 뿌리 저생의
부유 깨어 있는 밤이 낮을 일으킨다 발자국은 소파 앞에
서 끊긴다 목소리를 꺼내려 했으나 주차 타워의 문이 열
리지 않았다

#154

여자는 별을 보러 간다 했다 별빛으로 한밤을 밝히는
그곳에서 여자는 사진을 보내왔다 파르스름하게 빛나는
하늘에 별이 촘촘히 박혀 있었다 조는 순간에도 차창에
별빛이 흐른다 여자의 감은 두 눈에서도 별빛이 흘러내린
다 다음 역은 은하역 전동차 바닥에 물이 차오른다 여자
는 또 다른 사진을 보낸다 환하게 불타는 등대 너머 별빛
을 타고 떠가는 여자가 거기 있다 웃는 얼굴에 별빛이 터
진다 잠은 더욱 깊어진다 전동차는 강을 건너지 못하고
여자의 눈 속으로 사라진다 은하역 플랫폼, 여자는 눈을
감고 한없이 앉아 있다

#155

커피 한 잔을 마시고

잠시 눈을 감는다

어디에도 없던 리듬이 출렁인다

어지러워 눈을 뜬다

잠시 망망대해

잔물결에도 흔들리는 시간

다시 눈을 감는다

어차피 세상은 꿈속

안장 없는 말 잔등

새소리에 눈을 떴다

아침이다

#156

한 조각의 물 한 조각의 비 한 조각의 햇살 한 조각의 아침 한 조각의 아스팔트 한 조각의 바람 한 조각의 아이스커피 한 조각의 이슬 한 조각의 눈 한 조각의 신기루 한 조각의 손 한 조각의 버튼 한 조각의 길 한 조각의 발걸음 한 조각의 하늘 한 조각의 구름 한 조각의 산 한 조각의 잠 한 조각의 꿈 한 조각의 오후 한 조각의 차 한 조각의 저녁 한 조각의 소파 한 조각의 텔레비전 한 조각의 웃음 한 조각의 냉장고 한 조각의 맥주 한 조각의 나무 한 조각의 가구 한 조각의 온도 한 조각의 습기 한 조각의 사막 한 조각의 숲 한 조각의 빌딩 한 조각의 골목 한 조각의 음주 한 조각의 귀가 한 조각의 여름 한 조각의 하루

#157

네 입술에 앉고 싶어 뺑 튀겨진 네 입술 가시 돋은 네 입술 바늘 꽂힌 네 입술 끝이 살짝 올라간 네 입술 약간 벌어진 네 입술 덧니가 살짝 보이는 네 입술 침 흘리는 네 입술 온통 붉은 네 입술 피 흘리는 네 입술 배고픈 네 입술 흔들리는 네 입술 구석으로 몰린 네 입술 터질 것 같은 네 입술 당당한 네 입술 입술뿐인 네 입술 엉덩이에서 피가 나도 좋아 앉고 싶은 네 입술

#158

아이스커피를 마신다 빨대는 얼음 사이를 헤집고 들어
가 자리를 잡는다 쪽쪽 빨면 커피만 빨리는 아이스커피
목구멍으로 넘어가는 커피 아이스 없는 아이스커피 유리
잔 바깥에 맺힌 이슬이 흘러내리는 아이스커피 아이스커
피의 아이스는 그래도 아이스다 유리잔 속의 아이스는 아
이스커피의 아이스다

#159

너흰 그해 마지막 밤에 모였지 침대 모서리를 차지한
네 명이 모두 나를 외면하고 앉았어 저녁도 먹지 못한 나
는 밤새 달렸어 꿈속이었는지 지치지 않았어 담을 넘고
철조망을 기어올라 지붕 위를 달렸어 주택가를 벗어나 언
덕을 달렸어 숲속에서도 달렸어 등걸에 걸려 넘어지고 가
지에 부딪혀 살이 찢겨도 달렸어 너흰 여전히 침대 모서
리에 돌아앉아 있었지 아무 말도 없었지 새벽이 올 때까
지 나는 아름드리 나무가 뿌리 뽑힌 웅덩이에 쓰러져 해
가 뜨는 것을 어렴풋이 느꼈어 오늘 밤은 너희들 말대로

하려 했는데 아무 말이 없었어 그래서 난 할 수 없는 것을 할 수밖에 없어서 밤새 달렸어 수술실 문이 열리고 난 다시는 달릴 수 없었어 다음 해에도 그다음 해에도 너흰 내 침대 모서리에 앉았지

#160

돌아누운 여자의 몸에서 나와 가장 가까운 건 엉덩이 가장 먼 것은 오른손 끝 잠시 뒤척이자 손끝보다 더 멀어진 왼발 끝 멀어지는 손끝 발끝 엇갈리는 손끝 발끝 오른손 끝과 왼발 끝이 앞서거니 뒤서거니 멀어지고 오른발 끝과 왼손 끝이 앞뒤로 달아난다 잠든 여자의 몸이 내게서 자꾸 달아나는 것은 단지 자세가 식상하기 때문 어둠 속에서도 자꾸 끝을 바꾼다 다시 돌아누운 여자는 손끝과 발끝을 내게 내민다

#161

레시피를 적는다 민어스테이크 소스를 만든다 더 오랜 날이 흐른 뒤 숙성되는 것은 소스뿐 인생도 삶도 경험도

추억도 아니다 분리 배출은 꼼꼼히 할 필요가 있다

#162

흙을 머리로 밀고 너는 솟아오른다 밤이다 어둠이 상식
인 시간 너는 눈을 반짝이며 칠흑 속 하얀 이를 내보이며
웃는다 부스스 떨어지는 흙은 네가 솟은 구덩이 속으로
떨어진다 밤 속의 어둠 어둠 속의 밤 차곡차곡 쌓인다 흙
과 흙 사이 어둠이 스며든다 굳는다 웃음을 멈추고 눈을
감는다 어둠이 완벽하다 웃음을 삼킨 밤이다 상식이다

#163

헤이, 누님들 준비됐나 응 거기서 봐 아버지는 어딨어
저 위 금요일 밤인데 날 데리러 왔다고 동생한테 그러지
마 에어컨 바람에 널 체포하러 왔어 좋아 그럼 시작해 자
그럼 간단하게 끝내 금요일 밤인데

#164

선풍기 바람이 분다 나는 바람 이편에서 바람 저편의

바람을 맞고 있다 선풍기 바람이 분다 산책 중에 갑자기
돌아온 집 선풍기 바람이 분다 앉아서 TV를 보다가 누워
서 TV를 본다 선풍기 바람이 분다 저쪽 창으로 들어온 바
람이 이쪽 창으로 나간다 선풍기 바람이 분다 고양이가
버튼을 밟고 지나간다 선풍기 바람이 따라간다

#165

그때 나는 나와 이별했다는 것을 지금 나는 기억한다
해 질 녘 빛이 사그라지는 순간을 버스 차창에 담으면서
흔들리는 하루를 잡은 여자의 파란 손목 핏줄을 보면서
새삼스레

#166

여자의 머리끝에서 습기를 자양분으로 자라는 뿔은 한
여름 밤 늪지대와 잘 어울린다 어젯밤에도 여자는 집을
나섰다 안개 섞인 어둠을 가르며 선뜻 숲속으로 사라졌다
늪지대는 산 너머에 있다고 했다 똬리를 틀듯 어느새 여
자의 머리끝이 한 번 꼬여 올랐다 새벽이면 성큼 자란 뿔

을 두 손으로 잡고 들어온 여자는 침대에 쓰러져 한나절
을 잔다 뿔은 여전히 조금씩 자란다

#167

7월생의 운명이 슬픈 이유는 대부분 습기 때문이다 비
에 섞여 내린 구름의 전언, 전운이 감도는 것도 다 그 때문
이다 은유는 가볍고 현실은 무겁다

#168

젖은 풀 젖은 나무 젖은 돌 젖은 길 젖은 벤치 젖은 하늘
젖은 땅 젖은 아파트 젖은 계단 젖은 철망 젖은 창문 젖은
고양이 젖은 개 젖은 트럭 젖은 생각 젖은 시선 젖은 맛 젖
은 한숨 젖은 말 젖은 글 젖은 냉소 젖은 슬픔 젖은 표절 젖
은 절망, 마른 사람

#169

머리카락을 잘라내는 손 아니 가위 파 끝을 다듬는 손
아니 칼 바닥을 비추는 천장 아니 거울 구름에 담긴 하양

아니 투명 깜박이는 전등 아니 세상 흘러간 시간 아니 물
잘라내는 다듬는 비추는 담긴 깜박이는 흘러간 말 아니
소리

#170

맑은 여름밤 야외극장의 영화가 끝나간다 하나둘 벌써
자리를 뜬 관객들 뜨는 관객들 빈자리가 늘어난다 영화는
계속 상영되고 있다 끝나야 끝나는 영화를 흐지부지 흩
어지는 관객들이 보고 있다 몇몇의 끝과 하나둘 사라지는
흐지부지 여름밤 깊어가고 영화는 끝나가고 관객은 흐
지부지 아직 남았다

#171

나는 왜 이 나이에 이 생각을 하는 걸까 생각을 모두 물
에 빠트리고 싶다

#172

허리가 터진 바지를 꿰매다 문득 생각한다 그 자리보다

좀 더 밭게 꿰맨다면 내 삶도 빈틈없어질까 하는 생각 바지를 꿰매면서 나는 내 삶도 꿰맨다고 생각하며 깨달음을 줄 시를 또 생각한다 바지를 다 꿰매고 빈틈없는 삶에 내 몸을 맞추듯 바지를 입는다 허리에 착 달라붙는 바지의 촉감을 느끼며 뿌듯하게 들숨을 쉰다 순간 꿰맸던 바지가 다시 터진다 다시 원래의 자리를 따라 바느질하며 삶은 고칠 수 없다는 생각을 한다 바지를 두 번 꿰매지 않아도 되는 삶은 어떤 삶일지 두 번 바지를 꿰매면서 생각만 한다 사는 건 쉽다 깨달음은 더 쉽다 시만 어렵다

#173

세 번의 샤워와 세 번의 식사와 세 번의 상차림이 있는 여름날 바람은 불지 않아도 이렇게 평범한 어떤 날이 있다 라디오에서 흘러나오는 음악도 너무도 평범한 날 먼 곳에서 먼 날에 구름이 뜨겁게 피어오르던 날이 있었다 평범한 여름날의 어떤 날 고양이 꼬리만 부르르르 특별하게 떨리는 그런 날

#174

너의 얼굴 나의 얼굴 그의 얼굴 그녀의 얼굴 남자의 얼굴 여자의 얼굴 아이의 얼굴 어른의 얼굴 노인의 얼굴 죽은 이의 얼굴 머리카락에 가려진 얼굴 눈 감은 얼굴 밝은 얼굴 어두운 얼굴 귀여운 얼굴 예쁜 얼굴 잘생긴 얼굴 못생긴 얼굴 고개 돌린 얼굴 고개 숙인 얼굴 고개 쳐든 얼굴 우는 얼굴 웃는 얼굴 잠자는 얼굴 깨어난 얼굴 아픈 얼굴 건강한 얼굴 멍한 얼굴 초점 잃은 얼굴 얼굴 아닌 얼굴

#175

한여름 밤, 여자는 초계탕을 만든다 허벅지와 엉덩이의 살을 얇게 떠 냉동고에서 살짝 얼린다 기름기와 근육이 적절히 어우러진 차가운 살코기에 식초와 매실액, 더위를 적절히 섞은 소스를 뿌린다 남자는 한입 가득 초계탕을 넣고 우걱우걱 씹는다 삼킨다 여자의 몸은 발갛게 상기된다 손끝으로 살짝 건드려도 피가 배어날 것처럼, 흰 눈동자에 빨간 핏줄이 부서진 유리처럼

#176

영화 속 추격 신을 따라 카스바를 달린다 어지러운 골
목에서 문득 세상의 끝에 왔다는 느낌, 그만 발을 멈추고
모로코 시장 골목에 우두커니 선다 모터사이클의 엔진 소
리가 들리지 않을 때에야 시장의 구석구석을 돌아본다 에
메랄드빛 가죽신을 산다 신고 있던 운동화를 벗고 가죽신
을 신는다 내 몸을 싣고 가죽신은 다시 카스바 골목을 걷
는다 벽에 반사된 건조한 햇살이 눈 속으로 파고들 때 잠
시 아찔한 순간을 맞는다 다시 극장 D열 5번 의자, 절벽에
서 추락한 모터사이클의 잔해를 본다 에메랄드빛 가죽신
을 신은 발을 내려다본다 화면 속 골목 구석 버려진 운동
화가 가지런하게 놓여 있다

#177

에코백을 줄여 작은 가방을 만든다 골무 없이 바느질을
하느라 엄지손가락 끝에 살짝 피멍이 든다 손잡이를 단
후 아이패드를 넣는다 어깨에 멘다 아내는 목 잘려 죽은
비둘기를 묘사하며 읽고 있는 책의 한 문단에 붉은 밑줄

을 긋는다 자고 있던 고양이가 몸을 뒤척인다 앞발을 뻗어 발톱을 드러낸다 나는 손끝으로 팔굽혀펴기를 한다 엄지손가락 끝이 아프다

#178
선풍기를 껐다
비 그치고 처마 끝 빗방울이
새소리에 떨어진다
그리움 없이 삶만 계속되는 날
물에 젖은 옷 넘치는 날
가을이다 망각에 물드는 하늘만
당당한 계절이다

#179
지하철 입구 다리 하나가 서 있다 낡은 쇼핑백 하나 다리에 매달려 흔들린다 한 쌍의 다리들이 입구에 빠져 들고 솟아날 때도 다리 하나는 미동도 없이 서 있다 한 쌍의 다리들이 일으키는 바람이 흔드는 것은 쇼핑백 여전히 다

리 하나는 흔들리지 않는다 잠시 뒤 지하철 입구에서 또
다른 다리 하나가 튀어 오른다 다리 하나는 다리 하나를
만나자 심하게 흔들린다 결국 다리 하나는 다리 하나와
다리 한 쌍이 된다 쇼핑백이 뜯겨 잡동사니가 쏟아진다
쇼핑백은 잡동사니를 버리고 미동도 없다

#180

어디서부터 시작해야 하나 창밖에 비 온다 바람 분다
바람이 시작인가 창이 시작인가 밖이 시작인가 비가 시작
인가 문득 창이 있고 밖이 있고 바람 불고 비 온다 내가 한
쪽 눈을 떴을 때 이미 시작된 지 오래였다 창이 있고 밖이
있고 바람 불고 비 온다 창 안에 내가 있고 안이 시작인지
나는 모른다 알 수 없으므로 내가 시작이다

#181

지난 시간의 주석을 모두 지우자 나의 시는 시작되었다

#182

베개는 어디다 놓을까 설탕은 몇 스푼 넣을까 묻지 못
하고 가슴속에 묻은 말, 생각은 그런 것

#183

사과가 익어간다

떨어질 곳을 정하지 못한 채

창으로는 보이지 않는 결과

아름다움이 누운 소파 테이블 위 커피

식어간다 커피 한 모금에도 너는

그리운 사람이 떠오르던 때가 있었겠지

지금은 배가 고파도 먹지 못하는

사람들이 떠오르는 저녁

산들바람이 불어오는 곳은

작은 눈동자였음을

오래된 해양 지도에서 발견한 너는

어둠을 한 꺼풀 걷어내고

낡은 의자에 앉는다

눈물 없이 읽을 수 없는

시를 쓴다는 시인은

이미 그 눈동자 속에 묻혔다

#184

묘사도 없이 감성도 없이 세상을 여는 시인은 작은 창
을 열고도 온 세상을 열어젖히고 좁은 마루를 닦은 뒤 세
상을 건넜다 한다 오지랖을 펼치듯 흥분한다 가장 차가운
목소리로

#185

꿈꾸는 사람은 꿈이 없다 시를 쓰는 시인은 시가 없다
내일을 기억하지 못하는, 당연하고 어설픈 사족

#186

이제 그만 집에 가자 거리는

아름답지만 죽음이

머물 수 없네 삶은

흔들리므로 거리의 것 이제 집에

가야지 천천히 떠올라라 천천히

기포도 하나둘 천천히 처음에 그랬듯이

다시 사람의 집에 시집을 안치해야 한다

젖은 시집 퉁퉁 불은 말들

천천히 아름다움이 마르는 동안에도

떠오른다 죽음조차 죽음으로

#187

오늘 세상에는 우기에 끈적이지 않으려는 몸뚱이보다
아름다운 것은 없다 눈을 감고 눈을 감고 눈을 감자 발톱
을 숨기고 하루를 건너는 하루

#188

첫 시집을 내고 죽지 못한 죄 아름다움에 물들기 전에
떠났어야 했다 여기서 거기까지 어떤 글자도 새겨 넣지
못하도록

#189

　밤에는 고아가 되는 아이 축구화를 벗고 사뿐사뿐 어둠을 걷는다 칠흑 속에서도 빛나는 고양이의 눈 너는 여전히 주먹을 휘두르며 섀도복싱을 한다 뒤꿈치가 바닥에 닿지 않도록 앞으로 넘어질 듯 발끝에 힘을 주고 온몸을 지탱한다 아이의 입김에도 무너져야 균형이다 너는 발끝으로 증명하며 한 발 앞으로 한 발 뒤로 천천히 가끔 빨리

#190

빛 가운데 앉아 있었어요

시간을 따라

어둠 속으로 이동하는

여자아이의 이름을 부를 때까지는

몰랐어요 거기 여자가 서 있었다는 것을

빛이 쏟아지는 잔디밭

푸르지도 파랗지도 않은

땅과 하늘 어둠 속에서 하얘지는

여자와 빛 가운데 어룽지는 소녀는

두 여자의 손을 잡았고

이내 온몸이 부서졌어요

파편을 거두는 손길만이 선명히

기억나는 오후였어요

#191

낮잠을 이룰 수 없어 불면을 호소하는 사람들 천상의 하모니 울릴 때 층간 소음을 걱정하는 사람들

#192

마네킹 여자가 웃는다 벌러덩 넘어져 올라간 치마 밑 속옷이 드러나도록 웃는다 황소 한 마리 마네킹 여자를 내려다본다 앞발을 들어 어찌할 바를 모른 채 엉거주춤 왼쪽 앞발을 슬그머니 내려놓는다 지나가는 사람들은 지나가는 그대로 멈춰 있다 어디서나 볼 수 있는 적절한 하늘을 뒤로 한 채

#193

하늘 아래 처음인 문장을 쓰고 싶다 레토릭이니 구조니 은유니 모든 필터링을 치우고 꽃과 별과 바람과 하늘 심지어 이끼와 노랑부리저어새마저 모두 지우고 새 문장을 쓰고 싶다 시가 되든 말든 말이 되든 말든 문법을 어기고 감옥에 갇히든 말든 현대시작법에 어긋나든 말든 새 글자를 만들어야 한다면 유에프오를 하이재킹해서라도 그럴 수 있다면

#194

그사이 하늘을 가르며 새 한 마리 날아간다 노을처럼 붉어진 내 얼굴 그들의 환호가 드높다 남은 것은 뒤집힌 배와 부유하는 부끄럼마저 몰고 가는 물살 문장이 되지 못한 비명과 울음과 탄식

#195

집 나간 아버지를 뉴스에서 본다 여전히 산이라도 짊어질 기세 이제 다시는 아버지를 죽이지 못하리 아버지가

자살하고 내가 나를 죽이는 시간은 저녁놀이 구름을 붉게 적시는 때였으면 좋겠다 넌 왜 혼자니 죽이고 싶은 아버지가 바로 나예요 난 노을 진 저녁 하늘 따윈 그리지 않을 거예요 할애비와 손주만 남은 붉은 노을과 저녁이 부정된 나날 묘사되지 못한 시간이 하늘 가득 저녁을 물들인다 사전에서 아버지를 지우는 붉은 시간 곧 어둠

#196

모든 것은 부재하거나 사라졌거나 어떤 말도 발화되지 못하고 기록될 뿐 무엇인지 무슨 말인지 열람이 가능한 어떤 날에 알 수 있다 그날은 계속 미끄러져 멀어진다 그래도 오늘은 어제 위에 쌓인다 나날이 포개져도 내일은 없다 풍경도 고통도 막막하다 막막한 시간을 견디는 것은 법칙에 가깝다

#197

그것은 절대 시가 아니다 아직 정리할 수 없는 문장만이 떠도는 밤 굶주린 개들의 밤이어도 좋다 한 생애를 그

렇게 보낸다

#198
문장으로 산책하고 싶다 발바닥이 닳아 없어지도록 그
위에서 미끄러지고 싶다

#199
고양이 털이 돌돌 말리며 떠다니는 마룻바닥 햇살이 커
튼을 비집고 기어드는 아침 절전 모드에 들어간 컴퓨터의
팬 돌아가는 소리 세탁 완료를 알리는 벨 소리에 벌컥벌
컥 열리는 작은 문 늘어진 티셔츠의 목에 걸린 어깨 지워
진 어제 용량이 꽉 찬 CCTV 과속방지턱을 타고 넘는 브
레이크 소리 겨드랑이에서 목으로 이어지는 짜릿한 통증

#200
아버지 아버지 아버지 아직 끝나지 않았어요 위로 저
위로 올라갈 거예요 스무 살이 되기 전에 43시간을 버텼
어요 아직 죽지 않은 아버지 당신의 질긴 목숨이 나는 지

겨워요 축제가 일상인 거리에서 오늘도 나는 춤을 추어요
내 춤은 걸음을 닮았어요 어슬렁어슬렁 걸어가는 춤사위
사이로 죽음이 날아다니고 사이렌 소리 흔들려도 일상은
이어져요

#201
조문으로 시작해 조문으로 끝나는 축제
축제로 시작해 축제로 마무리되는 장례
아름다움조차 당신의 죽음 앞에
엎드려 일어날 줄 모른다
아름다움이 연기되고
당신의 죽음을 미룬 시간이
안개 속에 잠겨 있다

#202
키스도 없이 하루가 지나고 생각 없이 흐르는 시간이
늘어난다

#203

지금은 헤어져야 할 때

문장이 눈물을 흘린다

나는 눈물을 닦아주는 대신

문장을 지운다

어디선가 굿하는 소리

또 한 사람이

물속으로 뛰어들었나 보다

#204

　기억을 먹은 저녁에는 난 꿈을 꾼다 입안 가득 주먹을 넣고 꺽꺽대는 꿈 잠에서 깨어도 눈을 뜰 수 없는 꿈 주먹은 아무리 씹어도 넘길 수 없다 앞니 송곳니 어금니 안쪽을 꽉 채운 주먹 손가락을 펴면 목구멍이 찢어질까 봐 주먹을 꼭 쥐고 감은 눈에 힘을 준다 손목으로 침이 흐른다 눈을 뜨면 사라지는 꿈 잠 없이 꾸는 꿈은 생생하다

#205

지키지 못할 약속이라도 해줘 죽지 않고 기다릴 수 있
도록 세상 모든 사전의 거짓을 지우고 바닷물을 모두 말
릴 수 있도록

#206

어제는 책을 읽었다 아무도 없는 거리였다 네가 사라진
창문은 네모였다 거리는 각이 졌다 한 사람이 거리에 긁
혔다 사라졌다 병원 문이 열렸다 닫혔다 그 사이로 글자
들이 빠져나갔다

#207

당신의 오늘은 나의 오늘이 아니다 오늘이라고 쓰는데
오늘이 아닌 오늘이다 오늘이 오늘인 것처럼 읽힌다 흔들
리는 글자들 오늘이 아닌 날들이 오늘 위에 덮인다

#208

담벼락은 비어 있었다 시멘트 돌기들이 오돌토돌 돋아

있었다 페인트가 필요했으나 달그락거리는 소리가 퍼졌으므로 크레파스를 꺼냈다 손이 떨리고 크레파스가 흔들리고 담벼락이 움직였다

#209

보도블록 하나를 꺼냈다 다 맞춘 퍼즐을 분해하듯 보도블록을 들춰냈다 하나하나 정성스럽게 부쉈다 산산조각난 보도블록은 똑같은 것이 하나도 없었다 모양이 다른 손들이 제 손에 맞는 조각을 하나씩 움켜잡았다

#210

투표용지를 한참 들여다본 날, 블록버스터 영화의 버라이어티한 죽음들이 죽음을 잊게 한다 죽음으로 죽음을 덮는 시대 죽음을 입고 죽음을 건너는 행진

#211

키보드를 너의 허벅지에 연결해봐 파리한 실핏줄에 흐르는 너의 말들을 기억해줘

#212

바람 분다 가지 흔들린다 흔들리는 가지와 흔들리지 않는 가지 흔들리는 나무와 흔들리지 않는 나무 흔들리는 사람을 흔들리는 나무에 걸고 흔들리지 않는 사람을 흔들리지 않는 나무에 걸어도 나무는 나무다 흔들리거나 흔들리지 않아도 바람이 분다

#213

잠이 이렇게 절실한 때가 있었던가 불가능한 모든 일을 가능하게 하는 꿈 어제 죽은 너를 오늘 낮에 만나고 물속으로 깊이깊이 들어간다 어둡다고 느낄 때 곧 밝아지는 심해 너는 거기 얌전히 누워 있다

#214

네 두 손을 묶은 줄은 네 할머니들과 어머니들이 천년을 넘게 짜온 오색 비단 줄 가늘디가는 명주실에 눈물을 적셔 손바닥의 지문이 닳도록 꼬아 만든 낡고 튼튼한 시간

#215

물속에서 서서히 떠오르듯 이제 모든 이미지를 지워야 한다 어머니 자궁 속 같은 태초의 에덴 같은 인류가 태어난 물속이라는 이미지 너에게는 친구도 선생님도 없는 뒤집힌 교실

#216

이력이란 이런 것 한순간도 끊이지 않고 흘러온 물 어제의 고통이 조각조각 난 뒤 섞이고 뒤집혀 다시 떠오를 때 너는 아픔을 붙들고 살아남는다

#217

오늘 모니터의 차트를 보며 놀라는 그는 언젠가 네 몸속을 들여다봤던 사람 새삼 그건 지난 일이었다는 듯 너 또한 고개를 주억거렸지만 자동문이 열리고 선뜻 들어온 바람에도 너는 여전히 두렵다

#218

잠들지 않으면 잠을 잘 수 없듯이 깨어 있지 않으면 눈을 뜰 수 없다 이것은 깨달음이 아니다 눈을 감거나 뜨거나 그런 움직임일 뿐

#219

그것 때문에 삶과 죽음이 뒤바뀐다 종교와 전쟁이 나뒹구는 침대 위 너는 그 모서리에서 조용히 물숨을 들이쉰다

#220

내 그림자가 내 것이 아니라고 생각했을 때 그 일이 일어났다 안경을 벗고 책을 덮고 몸을 기대고 눈을 감았다 벽에 문대진 그림자를 찾으러 그가 왔다 그의 몸은 온통 그것으로 치장돼 있었다

#221

5시 30분에 다시 문을 여는 음식점에 일찍 도착해 서성거렸다 주차장 안내원은 음식점으로 가는 길을 안내해주

었다 삼십 분의 간극을 메우려는 듯 안내는 촘촘하고 그것은 또박또박 천천히 이어졌다

#222

계단을 오르는 동안 그것은 출렁거렸다 발걸음을 따라 계단을 꺾으며 바닥에 붙었다 벽을 덮은 담쟁이 잎사귀가 흔들리며 그것을 흔들었다 그것 아닌 것도 그것처럼 출렁댔다 계단을 모두 올랐을 때 출렁이는 것들 중에 그것을 찾아내기는 쉽지 않았다

#223

너는 가만히 있다 항구의 배는 기적만 울릴 뿐 떠나질 않는다 너는 아직 식지 않은 커피와 마주 앉아 있다 바다에 이르는 강물은 휘어지고 굽어졌다 물결에 부서지는 달빛을 따라 너는 흘러가고 있다

#224

버스는 사람들을 태우지 않고 떠났고 출발하는 모든 교

통편이 취소됐다 비자 발급은 멈추지 않았으나 공항으로
가는 길은 모두 폐쇄됐다

#225

갖가지 검은 속옷이 나란히 놓여 있는 아스팔트 위에
한 여자가 울고 있다 그녀는 어떤 속옷도 선택하지 못하
고 무릎으로 머리를 받친 채 움직이지 않았다 그녀의 모
든 움직임이 눈물로 흘러내렸다 그해 봄은 멈춰 있었다

#226

사진이 걸린 창문 풀리지 않는 순열 내 옆에 왜 네가 있
는지 네 곁에 왜 내가 잠들었는지 그래도 웃으니 좋아 하
얀 얼굴과 헐렁한 모자 날리는 머플러 센 바람을 맞아도
눈 감지 않는다 그대로 앞으로 고개도 숙이지 않고 걷는
다 당신이 나를 풍경으로 만들었으니

#227

깊은 밤 불빛 사그라진 골목 밤 산책에 나선다 내 그림

자는 잠들어 나를 쫓지 않는다 점점 머릿속에서 말들을 꺼내기가 쉽지 않다 명사 없는 동사로 나는 살아간다 그 말들을 찾아냈을 때 동사 없는 명사로 표현한다 불균형의 밤은 깊어간다

#228

사내가 가림막을 밀치고 모텔로 들어간다 사내의 허리께에 시집 한 권이 꽂혀 있다 수줍게 흔들리는 허리 사내는 연신 주머니 밖으로 비어져 나오는 애인을 밀어 넣는다

#229

흔들림은 나뭇잎을 모두 떨군 나무 모텔 방 창에 걸쳐 있다 남자의 마음을 헤집고 겨울이 지나간다 불륜의 새벽에 완성되는 것은 오직 한 줄의 문장 하얀 몸을 물들이는 창을 통과한 푸른 햇살

#230

나는 돌 절구통에서 태어났다 태어나다는 잘못된 표현

이다 자라지 않는 완성태 돌 절구통에서 빠져나오면서 나는 더 자라지 않았다 눈도 코도 입도 모두 검게 타들어갔다 거울에 비추지 않으면 보이지 않는 몸뚱어리 언제나 나의 슬픔은 베개 위에 있었다

#231
그중 한 가지는 수많은 죽음을 담은 그림이었다

#232
샤워를 하다 느닷없이 잊힌 사람이 떠올랐다 흘러내리는 물을 따라 내려다본다 시계 반대 방향으로 돌아 들어 배수구로 사라지는 비누 거품 보글보글 섞인 물 내 몸을 흘러내린 부슬부슬한 시간들이 빙글빙글 사라지고 있다 의도된 의태어가 거슬리는 지금 시간은 밤 11시 방금 그친 비는 아직 창에 흘러내리는 중 산책하기에 좋은 밤 내딛는 발걸음이 빗물로 코팅된 땅바닥에 미끄러지듯 흘러내린다 생각이 미끄러지는 기분 좋은 밤

#233

저녁을 먹는데 생각이 끼어든다

천천히 시간이 바닥으로 흐른다

어두워진다 불을 켜지 않고

밥을 먹는다

불현듯

빛 없는 방에서 밥을 먹던 때가 떠오른다

소리조차 먹어야 했던 그때

밥은 한 치의 오차도 없이

입안으로 들어왔다

밥을 씹는 소리와 심장 뛰는 소리가

칠흑 속에서 주고받는 소리를

들어야 했다

한동안 빛 속에서는

밥을 먹지 못해

한밤을 기다리곤 했다

#234

고양이 눈이 반짝 빛나는 해거름, 계절이 식어간다

#235

이 길이 그 길이 아닌 줄 알면서도 이 길을 그 길이라 오독하며 그 길처럼 이 길을 가려는데 다시 오독으로 이 카가 그 카가 아닌 줄 뻔히 알면서도 이 카를 그 카라고 착각해 그 카처럼 이 카를 운전해 그 길처럼 이 길을 달리려는데 또다시 이 버가 그 버가 아닌 줄 꿈속에서라도 알면서 이 버가 그 버라는 망상에 빠져 그 버처럼 이 버를 갈고닦아 한 편의 시를 쓰려다가 다시 또다시 불감으로 이 인이 그 인이 아닌 줄 제대로 알면서도 이 인을 그 인이라고 오해해 그만 예약하고 말았는데 그곳에 있는 그에게서 나의 오독과 나의 착각과 나의 망상과 나의 불감을 확인하는 메일이 와서 나는 그만 승인을 누르려다가 이 승인이 그 승인처럼 예약인지 취소인지 알 수 없어 인. 버. 카. 길. 하고 발음해본다 입안에 맴도는 인' 버' 카' 길' 멀고 먼 인. 버. 카. 길. 내일은 인, 버, 카, 길,

#236

　다 읽을 필요 없어요 요약해드릴게요 당신 삶에 살이 되고 피가 되는 문장 당신이 원하는 시는 이런 게 아닌가요

#237

너는 이미 으가 되고

나는 아직 이로 있어

너나너나 노래하거나

으이으이 곡을 하거나

#238

슬픔은 단지

양팔을 들어 허공을 껴안고

고개를 숙여 팔뚝에

머리를 얹고

눈가에 주름 몇 가닥

잡히도록 지그시

눈 감고 정지해 있는 것

1분

응시란

십자가에 매달려 죽은 사내를

창을 들고 우러러보며

마른하늘 번개에도

두려움 없이 서 있는 것

2분

#239

내 안에 평범이 쌓여 나는 서서히 악마가 되어간다

#240

은유 시인 1은 커피를 내리다 문득, 커피를 닮은 자신을 생각했다 그는 자신을 우려 얼마만큼 진한 것을 쏟아놓았나 그는 그를 붙드는 기억과 모든 인연을 저 커피처럼 우려내고 싶다 했다 은유 시인 2는 바위처럼 살고 싶다 했다 세상의 어떤 바람에도 흔들리지 않는 큰 바위 산봉우리 어디에 턱 걸터앉아 드넓은 세상을 내려다보면서 미동도 없

이 세상의 변화를 말없이 지켜보고 싶다 했다 은유 시인 3
은 떡은 사람이 될 수 없어도 사람은 떡이 될 수 있다는 지
하철 광고판을 보며 생각했다 그는 슬픔을 한 번도 찾은
적이 없으나 슬픔은 스토커처럼 무시로 그를 찾아갔다

#241

너는 사과 껍질을 버린다 깨진 거울에 네 얼굴이 비친
다 시계의 초침이 소리를 끌고 간다 낡은 지갑에서 동전
이 떨어진다 어제부터 해 지는 소리가 들린다 밤하늘 별
들이 떨어지는 소리가 난다 아는 이의 이름이 생각나지
않는다 이름만 아는 옆집 사람이 길을 건너간다 붉게 물
든 교정지가 정겹다 하얀 도화지 위에 개미가 기어간다
창에 붙어 죽은 나방의 분할된 배를 쓰다듬는다

#242

은유는 무균 상태에 있던 사람을 가로수 길에 노출하는
것과 같아 날씨를 통제해 물가를 안정시키는 것과 같아
강가에서 노는 아이를 물속으로 미는 것과 같아 침묵하

는 한 사람을 바위 위에 세우는 것과 같아 어제 떠난 기린의 시청률을 높이는 것과 같아 해발 1000미터의 도로에서 아침을 의심하는 것과 같아 빨간색을 파랗게 칠하는 것과 같아 모든 언어가 태어난 나라를 부정하는 것과 같아 모텔의 가림막을 걷어내는 것과 같아 정기검진 예약을 남몰래 취소하는 것과 같아 열여섯 번째 면접을 보는 것과 같아 그녀의 가슴을 뚫어지게 바라보는 것과 같아 혈압계에 손을 넣고 사랑을 고백하는 것과 같아 좋아하는 연예인을 지하철에서 만나는 것과 같아 노래방 책을 펼쳐도 노래가 생각나지 않는 것과 같아 졸아든 냄비에 황급히 물을 붓는 것과 같아 수익성 좋은 펀드를 권하는 것과 같아 오늘 처음 만난 사람과 밤새 술을 마시는 것과 같아 초대받지 않은 파티에 기웃거리는 것과 같아 드레스 코드를 걱정하며 밤새 잠 못 드는 것과 같아 다다다와 쫑알쫑알이 트렌드라고 생각하는 것과 같아 깨달음도 없이 회사 문을 미는 것과 같아 자동차 바퀴에서 튄 빗물을 피하는 것과 같아 아프지도 않은데 신음하는 것과 같아 너와 내가 같다고 생각하는 것과 같아 같다와 같아가 같다고 생각하는

것과 같아 봄이 왔는데 또 봄이 온 것과 같아

#243
비 오는 월요일에 나는
통곡한다 돌아보는 네 얼굴에는
표정이 없다 머리카락이
바람에 날려 흔들린다 샴푸 냄새가
바람 대신 나를 안는다 서서히
떠오르는 노을
빛에 번지는 네 모습은 잠시뿐
어둠에 잠겨가는 눈망울을 본다 느닷없이
모든 단어를 복수로 만들고 싶다

비들 월요일들 우리들 통곡들 너희들 얼굴들 표정들 머
리카락들 바람들 샴푸들 냄새들 노을들 빛들 모습들 잠시
들 어둠들 눈망울들 명사들 복수들

몇몇은 어색하고 몇몇은

익숙하다 몇몇은 새롭고

몇몇은 억지스럽다

또 운다

#244

누군가는 어제 어떤 이는 오늘 개는 그저께 고양이는
다음다음 날 하루가 쌓이고 기억이 쌓이고 추억은 흩어
진다 검은 옷의 날이 계속되고 있다 죽음과 죽음의 날들
을 딛고 삶은 건너간다 건너편엔 또 다른 기억이 기다리
고 있다 고양이와 개에 관한 진실을 기억하는 날 죽음을
딛는 삶의 시간 내일은 거기에 포개지더라도 진실은 오직
이것뿐 떨어지거나 붙거나

#245

한 여자가 물속에 있다 여자의 과거는 물 밖에 있다 몸
은 아직 물 밑이다 여자는 눈을 뜬다 여자는 수영장의 모
서리를 천천히 둘러본다 얼굴이 물 위로 뜬다 다리와 몸
통은 다시 물속으로 가라앉는다 눈 밑까지 물빛이다 여자

의 눈빛이 선명해진다 어둠이 여자의 머리를 덮는다 어둠
의 속도 모른 채 모서리만 빛난다

#246

당나귀여 당나귀여 당나귀여 세 번 외쳤다 귀가 닫혔다
당나귀 당나귀 당나귀 눈이 열렸다 당나 당나 당나 입이
열렸다 당 당 당 침을 삼켰다

#247

하루가 흐르고 밤이 깊어가고 산이 묻히고 죽음이 깨어
나도 나는 그것이 무엇인지 알지 못했다 막연히 남쪽에서
바람이 불어올 때 그것은 바람 부는 이유를 알려주겠지

#248

나는 요즈음 짐승에서 기계로 변이 중이다 한때 짐승이
었던 모든 기계에 이 분열을 바친다

#249

　손에 힘을 주거나 조금 빨라져도 칫솔질은 가끔 슬퍼진다 눈물이 흘러내려도 칫솔질은 멈춰지지 않는다 눈물을 닦느라 더 이상 아무것도 닦을 수 없다

#250

어제는 칫솔을 사고 오늘은

칫솔질을 한다 내일은

칫솔을 버리고

새 칫솔을 살 것이다 눈물이

흐르는 것은 어제가 아닌 오늘

아름다움을 이야기할 때

칫솔은 슬프다 멈추지 않는

칫솔질보다 더 슬픈 것은 없다

칫솔질만큼 아름다운 것은

세상에 없다 이것은

저녁의 당위 잠들기 전에 나는

아름다움에 젖는다 규칙적인

아름다움에도 차이는 있다

#251

한 장의 여자가 한 장의 여자를 만난다 책은 그렇게 만들어지는 것 읽어도 읽어도 끝나지 않는 책 왼쪽과 왼쪽이 만나 오른쪽을 만드는 이야기 끝없이 펼쳐지는 바느질 없는 옷감

#252

집 안의 거울을 모두 세어보았다 하나 둘 셋 거울 속에 거울 또 거울 속에 거울 거울 속 모퉁이 너는 까치발을 들고 나를 본다 아직 다 자라지 않은 너를 본다 너는 나를 본다 나는 너를 본다 너는 조금씩 작아지고 나는 점점 더 커진다 나는 너를 보고 너는 나를 본다

#253

뛰어올라라 하늘 높이 출렁이는 무명천을 펼쳐 아이들이 뜀틀을 만든다 뛰어올라라 떨어질 때 바닥을 보면 안

된다 아이들이 까르르 웃고 웃음이 뛴다 출렁출렁 무명천을 튕기며 웃음이 뛴다 무명천을 잡은 아이들의 손에 파르르 실근육이 돋는다 뛰어올라라 구름을 잡아라 구름구름구름 라이더 눈을 감는다 그대로 멈춰라 무명천도 아이들의 실근육도 웃음도 출렁출렁도 까르르도 파르르도 구름구름구름도

#254

U관을 통과해 S관을 따라 흐르는 물소리 한밤의 정적을 깨뜨린다 세탁기 돌아가는 소리는 멈춘 지 오래 오늘밤 늑대가 될 수 있다면 지구로 달을 가릴 수도 있어 너에게 보여줄 수 있는 세상에서 가장 큰 그림자

#255

그 물에 그 흙에 그 길에 이미 지났으나 새삼 인사한다 물을 수 없어서 자꾸 손을 흔든다 물음표를 안고 떠나는 먼 길

#256

여행에서 돌아온 날

도둑이 들었다 아니다

이것은 오문이다

도둑은 들었지만 돌아온 날은

아니다

과거지만 추억하지 않는 시간

알 수 없을지라도 향수보다는 기억

과거형으로 들춰내지 못한 문장

창문은 열려 있었고 그곳을 통해 들어왔다

이 문장은 문장이 아니다 창문이

들어오지 않았고 누가

들어왔는지 모른다 도둑인지 나인지

알 수 없다 헝클어진

서랍과 장롱이 어지러웠다

이 역시 문장이 아니다

서랍이 헝클어질 리 없고 장롱은

더군다나 그럴 리 없다 헝클어진 것은

오히려 문장이다

#257

수풀 속에 수풀 안에 바람

바람 안에 바람 속에 정적

정적 속에 정적 안에 침묵

침묵 안에 침묵 속에 얼굴

얼굴 속에 얼굴 안에 눈빛

눈빛 속에 눈빛 안에 햇살

햇살 안에 햇살 속에 물결

물결 속에 물결 안에 나비

나비 안에 나비 속에 악몽

악몽 속에 악몽 안에 당신

#258

너는 왜 너일까 나는 왜 네가 아닐까 속에 안에 안에 속에 너도 모르는 나와 나도 모르는 너 안에 나 울지 않아야 슬픈 꽃 속의 열매

#259

세 면이 만나는 지점에 나는 꼭짓점으로 있었다 꼭짓점을 닮으려고 몸을 둥글게 말았다

#260

키보다 높은 곳에 창살 달린 작은 창이 있는 벽을 벽1이라 하고 그와 마주한 벽을 벽2라 했다 벽1의 오른쪽 벽은 벽3 벽1의 왼쪽 벽은 벽4

#261

나는 벽2와 벽3과 바닥이 만나는 곳에 다리를 모으고 앉아 머리를 최대한 다리 사이에 집어넣었다 알몸인 나는 점점 벽을 닮아갔다

#262

작은 창으로 들어온 빛이 머리 위에서 쫓아와 내 몸은 더욱더 점이 되어갔다 빛이 내 머리를 핥자 내 몸은 벽1과 벽4와 바닥이 만나는 곳으로 이동했다 내 몸은 육면체의

한 점이 되어 모서리와 변과 꼭짓점으로 옮겨갔다

#263

내 몸에 멍이 들었다 멍 위에 또 멍이 들 때 내 등에 날개가 돋았다 멍 위에 새살이 돋고 그 위에 또 멍이 생길 때 나는 벽1과 벽2와 벽3을 만나게 했다

#264

그림자가 나를 보고 있는 것을 본다 나는 그림자의 그림자로 서 있다

#265

어쩌다 난 당신들의 암세포였으면 하는 생각을 하게 되었을까 암세포에게 미안하다 한없이 자라는 것은 사과받을 자격이 있다 손톱에게도 발톱에게도 머리카락에게도 거웃에게도 미안하다 그러고 보니 욕망에게도 미안하다

#266

오늘 밤에는 인수분해라도 만나보고 싶다 숲으로 돌아
간 사람들이 나무를 베고 있다

#267

유월이 오기 전에 장기를 두었고 담장 너머 핀 꽃이 담
장 안쪽으로 떨어지는 것을 보았고 비닐 창을 가르며 날
아간 새 한 마리를 오래오래 생각했다 어둡고 축축한 복
도를 걸으며 문밖의 시간을 헤아렸다 궁릉이란 말을 시집
에서 발견한 유월에는 아무 말도 하지 못했다 긴 복도의
끝 작은 방에서 궁릉의 내부는 무덤 속 같을 거라 생각했
다 낭하라는 말도 시집 속에 있었다 3일 동안 감기는 눈을
열어두려고 마른 잠자리 날개의 무늬를 뚫어지도록 보았
고 아침과 다른 저녁 거미줄의 굵기를 유월이 오기 전에
보게 되었다 그때는 그랬다

#268

네 입술에서 피가 흐른다는 걸 나는 왜 너와 키스할 때

알게 되었을까 그래도 괜찮아 아직 제습은 끝나지 않았으
므로

#269

풍선으로 가득 찬 방에 남자가 들어간다 남자의 머리
가 풍선이 된다 그의 몸을 달고 오른다 천장에 닿은 머리
가 터진다 몸이 떨어진다 그의 몸이 풍선이 된다 천장에
닿아 터진다 팔다리, 손발이 후두둑 떨어진다 풍선 사이
를 헤집고 나간다 문고리를 잡은 손이 부푼다 문이 열리
고 손에 이끌려 오른다 떨어진 문틀 사이로 풍선이 쏟아
져 나간다

#270

한순간이 아니라면 아무 의미가 없지 조금씩 꺼져가는
촛불을 바라보며 밤을 묻는다 구태의연한 은유를 몰고 바
람이 분다 살다가 보니 밤이다 자의적으로 내가 앉았던
의자가 기다림이 된다 새벽도 그러겠지 순서를 어기고 밤
뒤에 바짝 서서 우연을 바란다 시끄럽다 말을 지운다

#271

나와 세상은 여전히 끝없는 끝 시도 끝없는 끝 별과 별 사이 어둠이 빛난다

#272

어제는 날개가 돋고 오늘은 뿌리를 뽑는다 내일은 당연히 날겠지만 영원히 내일은 오지 않을 것이다

#273

공중 건물을 설계한다 엘리베이터가 움직이지 않아 하늘을 끌어 내린다

#274

머리가 너무 무거워 트렁크에 넣고 다닌다 두통으로 공항 검색대를 통과할 수 없다

#275

엑스레이로 보온병을 찍는다 모터사이클의 시동이 걸

리지 않는다

#276

잃어버린 열쇠를 찾는다 입을 열고 혀를 꺼낸다 말을
하려는데 소리가 나지 않는다

#277

창이 팽창해 선풍기에 닿는다 선풍기가 달아난다 연필
이 빼곡히 막아선 문은 끝내 열리지 않는다

#278

여자는 옷 대신 카누를 입는다 지쳐 쓰러진 해변에서
파도로 갈아입는다 여자의 거웃은 썰물보다 먼저 눕고 밀
물보다 먼저 일어난다

#279

피아노 건반이 걷는다 음들이 차례차례 벽에 걸린다 살
이 팽팽하게 버틴다 노래가 끝난 뒤에도 바람이 빠지지

않는다

#280

광장의 비둘기가 떼를 지어 쓰러진 늑대를 바라본다 늑대의 눈은 무심하다 바닥의 돌은 구역을 나눠 풍경을 지킨다

#281

소시지와 레몬이 하늘을 난다 접시는 떨어지지 않도록 그림자를 만들어 받친다 배경의 하늘을 지우고 체크무늬 보자기를 불러와 바탕으로 깐다

#282

상어 무리 속에서 수영하는 것은 즐겁다 발가락 사이에 물갈퀴가 생긴다 발차기를 할 때마다 보글보글 웃음이 솟아난다

#283

토슈즈를 신은 발레리나가 지하철 플랫폼에 걸터앉아 전동차를 기다리고 있다 발끝을 세운 그녀는 뭇 시선을 받은 몸에 힘을 준다

#284

허공에 뿌리를 내린 나무가 열매를 맺는다 빨강 노랑 풍선이 번갈아 열리는 나무의 줄기는 바람으로 연동한다 알맞게 부푼 풍선은 날아가거나 터지거나 쪼그라든다

#285

속을 파먹은 소라 껍데기에 도시를 세운다 오래된 성곽과 담벼락에 낙서를 한다 유리로 된 건물에 햇빛을 가둔다 그의 페인트칠은 정교하고 거침이 없다

#286

여자가 가라앉는다 실눈을 뜬다 물속은 차고 어둡다 여자의 실루엣이 흐릿해진다 몸뚱어리를 떠나는 공기 방울

이 차례차례 수면에서 터진다

#287

모른다 그때나 지금이나 별빛은 얼마나 허망한가 모든 사람을 속일 수 있는 반짝이는 저것 최면은 눈으로 들어올 때 빠르다 죽음에 몸 적셔본 사람만이 외로움의 수위를 안다 어떤 고통도 죽음에 이르는 외로움만큼 깊지 않다 하늘 때문에 죽은 목숨이 하늘로 위안을 받는다 별빛 떨어지는 일 말고는 다 모른다

#288

감는다 여자가 물속에서 머리를 든다 머리카락을 타고 흐르는 물이 뚝뚝 떨어져 물속에 든다 가슴을 드러낸 몸은 곧 손과 팔로 감고 선다 떨리는 살갗에 물이 감긴다 언뜻언뜻 나무 사이로 빛이 돈다 산새 한 마리 날갯짓을 한다 나무를 감싼 공기가 얽힌다 여자가 물속에 눕는다 여자의 몸이 모두 물에 잠기고 얼굴은 물 위에 드러난다 숨 쉴 때마다 수면이 떨린다 여자는 천천히 눈을 감는다

#289

　산에 올라 산을 넘어 돌담을 돌아 돌담을 끼고 햇살을 이고 햇살을 밟고 걷는다 뛴다 숨는다 탄다 돌아선다 다닌다

#290

가끔 물빛

하늘에 눈 못 뜨고 감은 눈 사이로

흐르는 물빛

눈물을 보았다 손톱보다 더 붉은

엄지손가락 지문에

물든 봉숭아 꽃물

검은 모래에 손가락을 문지르며 너는

눈물 없이 말했다 지문에

물든 봉숭아 꽃물은 지워지지 않고

지문만 사라졌다 더욱 붉어지는

손가락 끄트머리 꽃물은

왜 더 붉은지 너는 말하지 않았다

꽃물 든 손을 내려다보며

너는 결국 운다

#291

　너의 부음을 듣고 검은 넥타이를 맨다 뒷머리를 내려다
보는 무엇 돌아보자 그만 몸이 굳고 말았겠지 신화는 죽
음과 어깨하고 다닌다 달관이 아니면 죽음 하루가 뉘엿뉘
엿 질 때조차 조바심을 내는 마음으로 늘 곁에 있던 그것

#292

너는 나와 함께 끓여 먹던 라면을

기억하는지 그 맛을

잊지 않았는지 늘

백미 한 줌을 넣고 죽을

끓이듯 만든 라면을

기억하는지 심한 몸살을

앓은 뒤 내게 끓여준 라면죽을

기억하는지 작은 눈에 담은 웃음을

기억하는지 너덜해진 불온서적을

기억하는지 냄비 받침이 된 그 책의 제목을

기억하는지

#293

기억 속의 너는 언제나 추운 겨울을 달린다 한여름에도 너는 꽁꽁 언 거리를 달린다 땀을 눈발처럼 날리며 그 거리를 달린다 금지된 질주 차단된 도로 넌 미끄러져도 달린다

#294

라면처럼 넌 아직도 달린다

#295

다가선 나무들 잎을 떨구며 날았다 다급한 숲의 시간이 끝나갔다 끝났다 갔다

#296

멀리 온 듯 빙글빙글 돈 듯 왔다 갔다 한 듯 하늘로 솟은
듯 땅속으로 파고든 듯 이런 듯 저런 듯 모든 것인 듯 몇 가
지인 듯 하나인 듯 여럿인 듯 계속되듯 끝나듯

#297

이것은 끝 이곳은 끝 태어날 때 이미 끝 세상은 그날 이
후 끝 끝이 계속되는 끝 나는 끝 너도 끝 시작도 끝 끝없이
끝나지 않는 끝

#298

말끝에

둘이서 창밖을 본다

언제 말이 있었냐는 듯

창은 푸르다

라면 면발이 불어가도

하늘은 파랗다

남방의 끝이라고도 했고

열사의 사막이라고도 했다

결국 해설이 문제

끝은 사라지고

글만 남는다

해 설

블랙홀의 안쪽

함성호 / 시인

최규승의 언어는 언어 본래의 기능에 충실하다. 그래서 그의 시는 예술이 드러내고자 하는 현실 대립적 측면과 거리가 있어 보인다. 본래 언어는 여기, 지금 없는 것을 그리는 장치다. 여기, 지금 있는 것들은, 그냥 보여주면 된다. 우리는 지금, 여기에 없는 것들을 전달하기 위해 언어라는 교묘한 장치를 만들어냈다. 그래서 그것은 반드시 구체적인 사물을 얘기하든, 추상적인 관념을 얘기하든 대상이 필요한 법이다. 물론 언어는 그 대상을 완벽하게 재현하지 못한다. 언어의 이 어리숙함 때문에 우리는 말에 자신의 의도를 담는 행위, 즉 거짓말, 과장, 축소, 은폐 등을 꾸며 넣을 수 있게 된다. 그래서 언어는 단순한 도구가 아니라 장치에 가깝다. 자신의 의도를 담는 행위가 언어로 전달하려는 대상과 멀어지면 멀어질수록 그것은 거짓말에 가까워지고, 밀접하면 밀접할수록 진실이 아닌 착종에 가까워진다. 있는 그대로의 꼴을, 있는 그대로 그리기에는 언어의 그물이 어이없을 정도로 성글다.

최규승의 언어가 본래의 기능에 충실하다는 것은 그가 이러한 언어의, 부재를 드러내는 기능에 충실하다는 것이다. 그 부재는 지금, 여기는 없어도, 어딘가에는 있다. 반면에, 예술은 어디에도 없는 것들을 현실에 요구한다. 지금, 여기 없는 것들을 그리기 위해서 언어는 현실을 벗어나기도 하고, 왜곡한다. 그러한 언어 자체의 특성이 현실과 대립하는 예술을 가능하게 한다. 결국, 언어는 모든 것을 가상으로 만든다. 우리가 언어로 세계를 그리는 한 현실도 가상이고, 예술도 가상이다. 단지 우리는 현실을 합리적으로 비판하고 자아를 성찰할 수 있을 뿐이다. 그것이 예술이 가진 힘이다. 그렇다면 최규승의 언어는 그렇지 않은가? 그렇지 않다. 최규승의 언어는 현실을 비판하지 않고 보여주며, 자아에 대해 성찰하기보다는 대상을 살핀다. 그의 언어는 사회적이지 않고, 언어를 구조적으로 파악하지 않는다. 언어는 소통을 위한 구조를 가지고 있으며 역사성을 가지고 있다. 그리고 이 둘은 항상 겹친다. 최규승의 언어는 그것들이 겹치는 사이에 있다. 언어의 구조성과 역사성은 따로 떨어져 있는 것이 아니라 항상 공존한다. 최규승의 언어가 그 사이에 있다는 것은 이것도 아니고, 저것도 아닌 것이 아니라, 양자를 가능하게 하는

잠재태로 있다는 뜻이다.[1]

언어는 부재를 대리한다. 이러한 언어의 특성 때문에 우리는 항상 구체적인 것을 다하지 못하고 추상적으로 얘기할 수밖에 없다. 그리고 곧잘 추상적인 것을 구체적인 것으로 믿는 오류에 빠진다. 화이트 헤드의 '잘못 놓인 구체성의 오류(the fallacy of misplaced concreteness)'는 추상성의 한계를 잊고 구체적인 것으로 인식하는 언어의 특징에서 나온다. 이것은 구체성을 넘어 세계를 전체적으로 인식하기도 하지만 마치 그것이 다인 것처럼 믿게 한다. 이것이 언어의 쓰임이자 한계다. 릴케가 장미 가시에 찔려 죽었다는 말에도 추상성이 있고, (사실은) 장미 가시에 찔린 상처가 폐혈병으로 번져 백혈병을 악화시켜 죽었다는 말에도 추상성이 있다. 그것이 언어로 말해지는 한에서, 그리고 구체적이라 하더라도 우리가 그것을 인식하는 작용에는 추상성이 늘 개입한다. 언어는 늘 대상에 무한히 접근할 수 있을 뿐이지 그것 자체에 닿지 못한다. 우리는 밥과 반찬의 차이를 정확히 기술할 수 없다. 가능성과 불가능성이 따로 있는 게 아니라 한 몸으로 뒤

---

1 "사이는 말 그대로 '사이'(in-between)로서 그 자체로는 존재하지 않는다. 그 '사이'를 열어주는 대립물 혹은 대상들이 있어야만 하기 때문에, 사이 공간 혹은 사이 시공간은 기존 시공간에 종속적이거나 부차적인 것으로 간주되지만, 사실 실체나 대상은 '사이'의 잠재성 때문에 존재한다. 그것은 우리의 추상적 개념들의 경계가 구체적인 사실로 상응(correspond)하는 것이 아니라는 통찰을 가져다주지만, 이를 받아들일 용기를 지닌 사람은 생각보다 적다. 왜냐하면 기존 개념의 경계들이 구체적 사실과 직접적으로 맞닿아 있지 않다는 사실은 살아가는 사람의 세계관의 토대를 허무는 경험이기 때문이다." ― 박일준, 「포스트-휴먼 시대의 신학」, 《신학과 세계》 제85호, 감리교신학대학교 출판부. 2016.

틀리고 꼬여 있다. 노자老子는 그것을 두 개의 꼬인 새끼줄로 표현했다. "새끼줄처럼 두 가닥으로 꼬여 있구나! 이 세계에는 구분하고 구별하는 기능을 하는 개념화 작업을 할 수가 없다."[2]

사랑은 이름에 묻히고 이름은 아무것도 피우지 못한다 — #87 부분

불가명不可名이다. 이름은 아무것도 피워낼 수 없다. 우리가 사랑을 말할 때 사랑은 이름에 묻히고, 이름은 사랑에 묻힌다. '사랑한다'는 말이 이루어지면서 사랑이 시작될 때가 있고, 사랑한 이후에 '사랑한다'는 말이 이루어질 수도 있다. 그것이 동시에 이루어지는 사람을 우리는 '바람둥이'라고 한다. 바람둥이는 사랑하는 사람이다. 사랑하지 않고 사랑을 말하는 사람은 사기꾼이거나 제비족일 게다. 사랑은 '사랑한다'는 말을 끊임없이 의심한다. 우리가 사랑할 때, 자꾸 상대방의 사랑을 확인하고 싶어 하는 것은 그 사랑이 불충분해서가 아니라, 답이 시원찮아서가 아니라, 사랑에 관한 질문 자체가 불가능한 답을 요구하고 있기 때문이다. 이름 부를 수 없는不可名 것을 이름으로 부를 때 이미 분별이 생겨나고, 그 분별로 인해 우리는 추상적으로 인식하는 것을 구체성으

2 繩繩兮! 不可名.〈도덕경〉14편 — 최진석,「꼬임」,《철학과현실》제111호, 철학과 현실사, 2016.

로 오인하게 된다. 무엇을 어떻게 말하든 다 거짓이고, 다 참
이다. 무엇을 구별할 수 있겠는가?

언어는 오직 이것과 저것의 사이로 있을 때만 존재한다.
이것과 저것의 사이에 있지 않고, 사이가 나타나는 순간에
만 반짝이다 사라지는 불꽃 같은 것이다. 언어에 공간은 없
다. 오직 그것이 나타나는 때가 있을 뿐이다. 최규승의 언어
는 그것을 너무도 잘 알고 있다. 그리고 우리는 이제 "이름은
아무것도 피우지 못한다"는 것을 안다. 그렇다면 "사랑은 이
름에 묻"힌다는 말은 실재는 없다는 말과 같다. 그것은 상상
계에서만 작동하는 흐름이다. 그것은 상징(언어)을 입으면
서 비로소 실재의 자리에 서는, 사실은 없는 실재다. 사실은
상징과 상상과 실재를 이리저리 흘러 다니는 현기증과 같다.
실재는 없다. 그것은 단지 우리의 뇌가 설정한 논리적 연관
성에 따를 뿐이다. 우리의 뇌는 우리가 접촉한 현실이 우리
의 이해와 합치될 때만 옳다고 생각한다. 우리는 우리 자신
의 상상일 뿐이다.[3]

내 몸을 기억하는 사람들에게 나는 감사한다 내 몸을 사랑했던 사람
내 몸을 증오했던 사람 내 몸을 고깃덩이로 여겼던 사람 내 몸을 기계
로 다뤘던 사람에게도 나는 감사한다 기억이 지워질 때 나는 빛이 된

---

3 추사 김정희 자화상(참, 못 그렸다)에는 이런 화제가 보인다. "이 사람을 나라고 해도 좋고, 내
   가 아니라고 해도 좋다. 나라고 해도 나고, 내가 아니라고 해도 나다. 나이고 나 아닌 것 사이
   에 나라고 할 것이 없다. 하하"

시집 『끝』에는 '몸'이라는 단어가 세는 게 지루할 정도로 많이 나온다. 그리고 몸을 가장 구체적으로 파악하는 순간에도 최규승의 몸은 만져지지 않는다. 왜냐하면 그의 몸은 그가 상상하는 몸이기 때문이다. 그가 그의 몸을 상상했으므로 나도 그의 몸을 보는데, 그것은 그의 몸을 보는 게 아니라 그의 상상을 보는 것과 같다. 셀 수 없을 정도로 많이 나오는 '몸'은 그래서 하나도 특이할 것이 없는 몸이다. 그가 하는 몸에 대한 상상은 우리의 상상에서 한 치도 벗어나지 않는다. 시적이지 않는 몸. 최규승의 몸은 시적인 장치로 작용하지 않는다. 상상하고 있는 그대로의 몸이다. 그의 상상에는 뛰어넘으면 안 되는 울타리가 처음부터 쳐져 있다. 그렇게 숱하게 몸을 말하면서 그는 왜 '이 몸'을 벗어나지 않는 것일까? 시의 형식을 이용해 그것을 뛰어넘는 시도를 하지 않는 그의 시적 인내는 왜일까?

약분할 수 없는 생활이여, 공유할 수 없는 삶이여, 말과 말로 이어지는 허상이여, 하고 외쳐보아도 세상은 끝나지 않아 언제나 구태의연한 시작으로 시작하는 시인의 삶이여, 하고 탄식해도 끝나지 않는 시작 — #37

최규승에게 생활은 1과 자기 자신 말고는 나누어질 수 없는 소수素數다. 그래서 다른 어떤 것과도 같이할 수 없고, 언제나 홀로 존재한다. 그 존재조차도 시인은 허상이라는 것을 알기에 그의 시작詩作은 늘 구태의연하고, 더 나아갈 수 없다. 그러니 몸도 그러하다. 그가 생각하는 몸은 늘 홀로고, 허상이고, 한 발자국도 더 나아갈 수 없는 지루한 몸이다. 시작始作은 또 어떤가? 그것은 몸이 허상이기에, 단지 입자고 파동의 떨림이기에, 생은 아예 시작이 없었다. 시작이라고 믿었던 것들이 어느덧 돌아보니 그저 제멋대로 펼쳐진 근거 없는 이상한 현상인 것이다. 그것은 손에 잡히지도 않고, 말하려 하면 이미 변해 있고, 문득 나타나서, 있다고 생각하면 이내 사라지고 마는 구름 같은 것이다. 이것이 최규승이 바라보는 세계다. 최규승에게 세계는 서로 연관 없는 현상들이 조합된 활동사진 같은 것이다. 거기에 일관된 이야기가 있을 턱이 없다(시집 『끝』이 계속된 장면들로, 제목도 없이 일련번호로만 기록되어 있다는 것을 다시 떠올리자). 그에게 현실은 롱테이크 필름이 아닌, 몽타주에 가깝다. 해체된 신체처럼 무수히 짧은 장면들이 이어지는, 시작도 없는데 시작하자마자 다시 시작한 곳으로 돌아오고 마는 (이상하고) 무한한 반복. 조각조각 난 사금파리에 비친 잠깐 동안이, 그게 삶이다.

한 조각의 물 한 조각의 비 한 조각의 햇살 한 조각의 아침 한 조각의 아스팔트 한 조각의 바람 한 조각의 아이스커피 한 조각의 이슬 한 조각의 눈 한 조각의 신기루 한 조각의 손 한 조각의 버튼 한 조각의 길 한 조각의 발걸음 한 조각의 하늘 한 조각의 구름 한 조각의 산 한 조각의 잠 한 조각의 꿈 한 조각의 오후 한 조각의 차 한 조각의 저녁 한 조각의 소파 한 조각의 텔레비전 한 조각의 웃음 한 조각의 냉장고 한 조각의 맥주 한 조각의 나무 한 조각의 가구 한 조각의 온도 한 조각의 습기 한 조각의 사막 한 조각의 숲 한 조각의 빌딩 한 조각의 골목 한 조각의 음주 한 조각의 귀가 한 조각의 여름 한 조각의 하루 ― #156

중요한 것은, 그가 이러한 현실을 살피는 방법으로서 (카메라의 시각을 예상한) 시나리오의 형식을 가져왔다는 점이다. 그러나 그는 결코 카메라의 시각으로 현실을 보지 않는다. 그에게는 카메라보다 더 효과적인 상상의 파인더가 있었다. 그것이 언어임은 두말할 것도 없다. 그는 언어로 그것을 묘사하는 것이 아니라 언어가 말하게 한다.[4] 시집 『끝』을 이루는 298개의 풍경들은 실재의 재현이 아니라 언어의 풍경이다. 이제 다시 언어의 본래 기능으로 돌아가보자. 언어는 부재를 대리한다. 최규승 시집 『끝』에서 각각의 신 넘버는 연관된 것도 있지만 대부분은 아무 관련이 없다. 그 개별적인 풍경의 진술에서도 신선한 표현이라 할 만한 것은 희한하리

---

4 "따라서 '언어 자체는 어떤 상태로 있는가?'라는 점을 우리는 숙고해본다. 그래서 '언어는 언어로서 어떻게 현성하는가?'라고 우리는 묻는다. (이에) '언어가 말한다(Die Sprache spricht)'라고 우리는 대답한다." ― 하이데거, 『언어로의 도상에서』, 신상희 옮김, 나남출판, 2017.

만치 없다. 그저 평범하고 평범한 문장들의 나열이다. 그렇다고 무미건조하지도 않다. 그렇다면 참, 유치한 문장들이라는 것인데, 어떻게 이런 것이 시가 될 수 있을까?

나무 이름을 몰라 부끄러워하는
시인의 붉어진 얼굴
써도 써도 벗을 수 없는 언어라는 운명
내가 쓰고 싶은 시는 낭독할 수 없는 시
한순간도 가만있지 않는 문장이 순서를 바꿔 뒤척이는 시
시가 시를 낳는 시
자가 분열을 하는 시
읽는 순간 불타버리는 시
시인 것이 없는 시
시 아닌 시
세상의 모든 시
　— #3

아예 시집의 서두에서, 자기 시는 시가 아니라고 밝힌 것으로 그 알리바이를 완성했다고 생각하는 것일까? "세상의 모든 시"를 대신할 수 있는 "시가 아닌 시"를 기획한 것일까? 어쨌든, 한 가지 확실한 것은 그에게 있어 시는 시인의 것이 아니다. "시인 것이 없는 시"라는 구절은 '시일 것도 없는 (하찮은) 시'로 읽어도 되지만, '(시인이 지었음에도) 자기 것이라고 할 만한 것이 없는 시'라고 읽을 수 있다. 그는

언어를, 시를 부정하는 것이 아니라 그것이 자기 안에 없거나, 적어도 어디서 오는지 알 수 없다고 말하고 있다. 그것이 자기 안에 없는 것이라고 할 때, 최규승은 언어에 대한 동양의 두 가지 태도를 부정하고 있고,[5] 어디서 오는지 알 수 없다고 할 때, 그는 세계를 다르게 규정하고 있다. 이것이 도무지 시 같지 않은 시가 (시 같으면서 시가 아닌 시가 얼마나 많은가?) 시가 되는 이유다. "나무 이름을 몰라 부끄러워"할 때, 그가 진정 부끄러워한다면 정명正名을 생각하기 때문이고, '왜 시인이 모든 나무의 이름을 알아야 하지?'라고 생각한다면 불가명不可名의 입장에 서기 때문이다. 동시에 그는 '정명'을 '불가명'으로 지우고 '불가명'을 '정명'으로 지운다. 그리고 "써도 써도 벗을 수 없는 언어라는 운명"으로, "이름은 아무것도 피우지 못"하기에 그가 파악하고 있는 이 세계는 실재가 없다. 그것은 단지 "말과 말로 이어지는 허상"(#37)이다. 최규승의 시는 그 허상에 대한 이야기다. 그러니 자연히 자기의 시도 역시 허상임을 모를 리 없을 것이다.

그림자가 나를 보고 있는 것을 본다 나는 그림자의 그림자로 서 있다 — #264

---

5   동양에는 언어에 대한 두 가지 태도가 있다. 하나는 '말할 수 없다는 것은 이해하지 못한다는 것과 같다'는 유가적 입장이고, 다른 하나는 '말로 표현되는 것은 이미 그것을 비껴 나간다'는 도가적 태도다. 최규승의 언어는 이 두 가지 입장을 모두 부정한다.

시집 『끝』은 우리가 실재한다고 생각하는 것이 허상임을 증명하고자 하는 것이 아니라, 허상을 허상으로 드러내는 것으로 시의 역할을 다한다. 최규승은 이 세계가 블랙홀의 외부처럼 2차원 홀로그램이라는 것을 말하고 있다. 블랙홀은 강력한 중력으로 인해 입자나 전자기 복사를 비롯한 그 무엇도 빠져나올 수 없는 시공간 영역이다. 블랙홀에 빨려 들어간 물체는 그 정보가 블랙홀의 표면에 저장된다. 예를 들어 지갑을 블랙홀로 던지면 지갑은 블랙홀 속으로 사라져도 지갑이 지니고 있는 모든 정보는 컴퓨터에 정보가 저장되는 방식과 똑같이 블랙홀 표면에 저장된다. 즉, 블랙홀에 빠진 모든 물체의 정보는 2차원인 블랙홀 외부에 표시된다. 우리는 블랙홀의 내부를 들여다볼 수는 없지만 이 블랙홀 외부의 정보를 통해서 블랙홀의 내부를 알 수 있다. 블랙홀 표면에 저장된 2차원 정보의 홀로그램이 블랙홀 내부의 풍경이라는 것이다. 지갑이 블랙홀로 빠져 들어가면서 지갑의 정보가 블랙홀 표면에 저장되고, 그 정보는 블랙홀 내부에서 실재하는 것처럼 2차원 홀로그램으로 존재하게 된다. 이에 따르면 은하계와 항성에서부터 우리들을 비롯한 공간 자체까지 모든 물체가 멀리서 우리를 둘러싼 2차원 표면에 저장된 정보의 투영물일지도 모른다는 추측이 성립한다. 결국, 어느 공간에 대한 모든 물리적인 정보는 그 공간을 둘러싼 경계면에 최소 단위의 넓이로 저장되어 있다는 것이다.[6] 그렇다면 우리는 그 정보들의 홀로그램 영상이란 말인가? 적어도 최규승의 이번 시집 『끝』은 그렇다고 말하고 있다. 그리고 그 영상들을 신 넘버로 기록하고 있다. 그에게 시는 이 허상과 가장 적절하게 마주할 수 있는 방법이다. 그에게 시는 목적이 아니다. 이 세계가 허허한 상像에 지나지 않는다는 사실과 직면하기 위한 방법이다. 그의 시가 허무함에 떨어지지 않고, 슬픔과 애틋함으로 빛나는 것은 모든 허깨비들을 허깨비인 것대로 사랑하고야 말겠다는 안간힘 때문이다. 몸이 그림자에 지나지 않는다는 것을 인식하고, 그 몸을 사랑하는 자는 슬프고 아름답다. 그 아름다운 포옹이 사랑이 아니라면, 우리가 무엇을 사랑이라고 말할 수 있겠는가?

모른다 그때나 지금이나 별빛은 얼마나 허망한가 모든 사람을 속일 수 있는 반짝이는 저것 최면은 눈으로 들어올 때 빠르다 죽음에 몸 적셔본 사람만이 외로움의 수위를 안다 어떤 고통도 죽음에 이르는 외로움만큼 깊지 않다 하늘 때문에 죽은 목숨이 하늘로 위안을 받는다 별빛 떨어지는 일 말고는 다 모른다 — #287

---

6 "여기서 최소 단위 넓이란 플랑크 넓이로 알려진 양이다. 홀로그래피 원리는 한마디로 말해 공간의 모든 정보가 경계면의 유한한 화소날(pixel)에 저장돼 있다는 얘기다. 플랑크 넓이는 한 변이 약 10^{-33}cm 되는 정사각형의 넓이로서 1비트의 정보를 저장한다. 이 정도의 척도에서는 양자역학이 무척이나 중요해진다. 그래서 홀로그래피 원리는 공간에 대한 양자역학적 원리라고도 할 수 있다. 홀로그래피 원리에 의하면 어떤 물리계를 기술하기 위해 필요한 정보의 양은 우리가 보통 생각하는 것보다 훨씬 적다. 물리적으로 의미 있는 정보가 공간에 무한정으로 퍼져 있는 것이 아니라 오직 경계면 위에 유한하게 퍼져 있기 때문이다." — 이종필, 「홀로그래피 원리」, 네이버캐스트 물리산책, 2010.

우리는 죽음을 경험할 수 없다. 누구나 죽음을 경험하지만, 그것을 경험한 자는 그것에 대해 말할 수 없게 된다. 경험이 말로 되살아날 수 없다면 우리는 그것을 경험이라고 하지 않는다. 죽음은 끝이다. 경험의 끝이고, 말의 끝이다. 이 끝에 자신을 매어놓고 끝없는 끝을 찾아 끝없이 스스로를 겉돌게 하는 공허한 반복. 놀랍게도 최규승은 그것을 사랑이라고 말한다. 어디를 가도 그가 간 곳은 그 한 곳이었을 것이다.

문예중앙시선 49

끝

초판 1쇄 발행 | 2017년 4월 5일

지은이 | 최규승
발행인 | 이상언
제작총괄 | 이정아
편집장 | 박성근
디자인총괄 | 이선정
디자인 | 김진혜

발행처 | 중앙일보플러스(주)
주소 | (04517) 서울시 중구 통일로 92 에이스타워 4층
등록 | 2008년 1월 25일 제2014-000178호
판매 | 1588 0950
제작 | 02 6416 3928
홈페이지 | www.joongangbooks.co.kr
페이스북 | www.facebook.com/hellojbooks

ISBN 978-89-278-0850-3 03810

• 이 시집은 2014년 한국문화예술위원회의 아르코문학창작기금을 받았습니다.

문예중앙은 중앙일보플러스(주)의 문학 단행본 브랜드입니다.

문예중앙시선 목록

01	조연호	농경시
02	여정	벌레 11호
03	김승강	기타 치는 노인처럼
04	송재학	진흙 얼굴
05	김언	거인
06	박정대	모든 가능성의 거리
07	이경림	내 몸속에 푸른 호랑이가 있다
08	안현미	곰곰
09	이준규	삼척
10	이승원	강속구 심장
11	강정	활
12	이영광	그늘과 사귀다
13	장석주	오랫동안
14	최승철	갑을 시티
15	강연호	기억의 못갖춘마디
16	홍일표	매혹의 지도
17	유안진	걸어서 에덴까지
18	임곤택	지상의 하루
19	박시하	눈사람의 사회
20	문정희	카르마의 바다
21	임선기	꽃과 꽃이 흔들린다
22	고운기	구름의 이동속도
23	장승리	무표정
24	우대식	설산 국경
25	김박은경	중독

26	박도희	블루 십자가
27	허만하	시의 계절은 겨울이다
28	고진하	꽃 먹는 소
29	권현형	포옹의 방식
30	위선환	탐진강
31	최호일	바나나의 웃음
32	심재휘	중국인 맹인 안마사
33	정익진	스캣
34	김안	미제레레
35	박태일	옥비의 달
36	박장호	포유류의 사랑
37	김은주	희치희치
38	정진규	우주 한 분이 하얗게 걸리셨어요
39	유형진	우유는 슬픔 기쁨은 조각보
40	홍일표	밀서
41	권기덕	P
42	김형술	타르초, 타르초
43	조동범	금욕적인 사창가
44	조혜은	신부 수첩
45	성윤석	밤의 화학식
46	박지웅	빈 손가락에 나비가 앉았다
47	신동옥	고래가 되는 꿈
48	송종찬	첫눈은 혁명처럼
49	최규승	끝